Walter Bachauer
Chimonas Lesvos - Schnee auf dem Olymp

AF236447

BoD

Walter Bachauer, geboren 1957, war neben der Schreiberei viele Jahre als bildender Künstler, Musiker, Galerist und Kulturveranstalter tätig. Er bestritt zahlreiche Ausstellungen und brachte zwei CDs als Singer/Songwriter heraus. Als Self-Publisher veröffentlichte er 2017 einen Band mit Erzählungen und Kurzgeschichten. 2020 erschien mit „Jasmin und Chickenwings" sein erster Roman. Er lebt in einem kleinen Weiler im Allgäu.

Über dieses Buch

Der Roman spielt in Griechenland und dort hauptsächlich auf der Insel Lesbos. Handlungszeit ist einige Jahre nach Beginn der ersten großen Flüchtlingswelle, die Lesbos 2015 erreichte. Das Flüchtlingscamp Moria im Osten der Insel nahe der Hauptstadt Mytilini ist ebenfalls Schauplatz der Handlung. Es ist die Geschichte des jungen Libyers Masud, der sich nach Europa aufmacht, unterwegs aus Geldmangel zum Schlepper und Bootsführer über das Mittelmeer wird, später auf Lesbos strandet und dort als Kurier für einen griechischen Drogenring arbeitet. Er wird selbst abhängig und geht mit der jungen Griechin Alexia Tanidis eine folgenschwere Liaison ein, die beide zu Gejagten eines Drogenbosses aus Thessaloniki werden lässt.

Chimonas ist das griechische Wort für Winter.

Walter Bachauer

CHIMONAS LESVOS
Schnee auf dem Olymp

Roman

Bibliografische Information der Deutschen Natio-
nalbibliothek:
Die Deutsche Nationalbibliothek verzeichnet diese
Publikation in der Deutschen Nationalbibliografie;
detaillierte bibliografische Daten sind im Internet
über http://dnb.dnb.de abrufbar.
© 2020 Walter Bachauer
Credits: A. Boumezrag, P. Kinzer, J. P. Thimm,
I. Thurn,
Herstellung und Verlag: BoD – Books on Demand,
Norderstedt
ISBN: 9783751997331

Für alle Menschen, die auf der Suche nach Frieden und etwas Glück ihr Leben lassen müssen. Immer noch …

1 – Kafenion

Es war fünf Uhr nachmittags. Wenn er sich beeilte, traf er Yiannis vielleicht noch im Kafenion „Die Drei Brüder". Dort war er gerne um die Zeit. Komischer Name, dachte er immer, wenn er dorthin ging. Keiner konnte sagen, warum das Café so hieß. Jedenfalls hatte es nie drei Brüdern gehört. Soweit man das zurückverfolgen konnte. Selbst die Alten wussten nichts darüber.

Kris Pergmann schlug den Kragen seiner Jacke hoch. Zum wiederholten Male. Der Reißverschluss war kaputt. Es war scheißkalt. Lesbos im Winter ist wirklich nichts für Weicheier. In den Bergen hatte es tatsächlich geschneit. Er beschleunigte seinen Gang. Das war es ja, warum er Yiannis suchte. Sie mussten rauf zur Hütte. Schauen, ob alles in Ordnung ist. Ob der alte Ofen noch funktionierte. Bestimmt war das Brennholz alle. Masud traute sich nach wie vor kaum vor die Tür. Wölfe und Schlangen gäbe es dort oben. So ein Spinner. Schlangen im Winter. Und Wölfe? Na ja, davon hatte auch noch niemand gehört.

Pergmann hatte jetzt die Mole am Anfang von Plomari erreicht und konnte weit hinten endlich das beleuchtete Neonschild des Kafenions sehen. Er sah aufs Meer hinaus. Grau und aufgewühlt klatschte es gegen die dem Hafen vorgelagerte Staumauer. Kein Schiff war draußen zu sehen. Selbst den hart gesottensten Fischern war es jetzt zu ungemütlich. Alle hofften auf besseres Wetter. Doch das konnte noch Wochen dauern. Es war gerade mal Mitte Januar. Die letzten Meter legte er im Laufschritt zurück, der eisige, nasse Wind ließ seine Ohren langsam einfrieren. Seine Mütze hatte er in der Eile vergessen. Sie lag auf dem Tresen der Pension Tanidis, Rena hatte ihm noch nachgerufen, doch das hatte Pergmann nicht mehr gehört.

Er stieß die Tür auf, sofort schlug ihm die heiße stickige Luft des alten Kafenions entgegen. Es stank. Eine Mischung aus altem Frittieröl, Fisch, Schweiß und abgestandenem Zigarettenrauch ließ ihn schlucken und er atmete erst mal nur durch den Mund. Im hinteren Teil des Raums, dort wo sich eine Art Ausschank befand, nicht mehr als eine grob zusammengezimmerte Theke, standen einige Personen. Er konnte sie nicht gleich erkennen, da er von dem grellen Neonlicht, welches das ganze Lokal in ein unwirklich kahles Weiß tauchte, geblendet war. Unwillkürlich schaute er zu Boden und im selben Moment nahm er neben sich eine Bewegung wahr. Noch bevor er sich darüber klar werden konnte, was es war, fuhr ihm ein stechender Schmerz in die Magengrube. Jemand hatte ihm eine Faust in den Bauch gerammt. Pergmann sackte zusammen, gleichzeitig hob er instinktiv schützend die Arme, da er den nächsten Schlag in Richtung seines Kopfes voraus ahnte. Mehr als diese zwei Schläge gelangen dem Angreifer nicht, denn er wurde von mehreren Männern weggezogen und festgehalten. Lautstarker Tumult brach los, einige redeten auf den Schläger ein, andere kümmerten sich um Pergmann. Der hockte am Boden und hatte sich übergeben. Mehr als schaumiger Schleim kam jedoch nicht aus seinem Mund, er hatte heute kaum etwas gegessen. Als er den Kopf hob, erkannte er, wer ihn da angegangen hatte. Aber er wusste es sowieso. Vor ihm stand Nikos, Alexias älterer Bruder, und blickte ihn wütend an. Er hatte getrunken. Seinen rotgeränderten Augen nach zu urteilen, nicht zu knapp.

"Lasst mich los! Schon gut, ich tu ihm nichts mehr!"

Sie ließen ihn los, Nikos schüttelte sich kurz, griff sich in die Haare. Mit geübten Händen richtete er die Frisur, trotz seines Zustandes vergaß er seine Eitelkeit nicht.

"Sag mir endlich, wo ihr sie versteckt haltet. Diesen Araber und meine Schwester! Du machst meine Familie kaputt, du und dein feiner Freund Yiannis. Ein Grieche will der noch sein? Bald ist er keiner mehr von uns ...!"

Er spuckte vor Pergmann auf den Boden und lachte verächtlich. Der hatte sich aufgerappelt, stützte sich mit einer Hand am Rahmen der Eingangstür ab. Es fiel ihm schwer zu sprechen, doch er riss sich zusammen.

"Sorry Nikos, da kann ich dir nicht helfen. Dein Problem. Wenn du kein Feigling wärst, würdest du schon längst vor deiner Familie stehen, sie schützen. Aber was machst du? Willst die beiden ausliefern ... Nur weil du Angst um das Geschäft hast, um die Kohle! Dabei ist es immer noch das Geschäft deiner Eltern, du Geier!"

Er stieß die Worte hervor, sprach schnell, damit ihm Nikos nicht ins Wort fallen konnte. Der schnaubte hasserfüllt und wollte sich schon wieder auf den Deutschen stürzen, doch die Umstehenden hatten aufgepasst und fielen ihm gleich in den Arm. Im selben Moment flog die Tür auf, Yiannis kam herein, erfasste die Situation sofort und stellte sich breitbeinig, mit erhobenen Fäusten vor Pergmann.

"Jetzt komm her, *Malaka*, wenn du Eier hast!"

Die beiden Kontrahenten standen sich gegenüber und fixierten einander mit starrem Blick. Keiner sprach. Auch keiner der anderen sagte etwas. Ein falsches Wort jetzt, egal von wem, und die zwei würden übereinander herfallen. Die Spannung war spürbar. Beinahe unerträglich. Schließlich fasste sich Pergmann ein Herz, griff Yiannis am Arm und sagte leise: „Lass gut sein ... Wir gehen jetzt. Ist besser so."

Langsam, Nikos nicht aus den Augen lassend, gingen Pergmann und Yiannis rückwärts aus der Tür.

Nikos Tanidis und Yiannis Fitos wuchsen zusammen auf, ihre Familien waren eng befreundet. Das war heute noch so. Nur die beiden Söhne verstanden sich nicht. Sie hatten sich nie gemocht. Schon als Kinder mussten sie sich immer messen und austesten, wer der Schnellere, der Stärkere war. Sie stritten sich dauernd und nicht selten prügelten sie sich. Besonders wenn Alexia mit dabei war, Nikos kleine Schwester. Yiannis liebte

Alexia. Damals wie heute. Nikos wusste das und wachte eifersüchtig über seine Schwester. Auch daran hatte sich nichts geändert. Nur war Alexia inzwischen eine erwachsene Frau von 27 Jahren und wollte sich nicht mehr von ihrem cholerischen Bruder beschützen lassen. Dass Yiannis sie liebte, spürte sie insgeheim, doch sie hatte nie mit ihm oder irgendjemand anderem darüber gesprochen. Es war ihr ein bisschen unangenehm, sie mochte ihn sehr gerne, aber eben so, wie man seinen Bruder mag. Oft hatte sie sich vorgestellt, Yiannis wäre ihr Bruder, nicht Nikos, der sie ständig gängelte und ihr sagte, was sie zu tun und zu lassen habe. Außerdem hätte Yiannis sie dann als Schwester geliebt und sie nicht als Frau begehrt. Sie war zwanzig, als sie einen ersten Freund hatte, heimlich, niemand durfte davon erfahren. Nur Yiannis wusste es. Er hatte es gerochen, sagte er, als er sie darauf ansprach. Aber er hielt zu ihr, verriet nichts. Alexia tat es unendlich leid, als sie mitbekam, wie Yiannis litt. Sie wollte ihm nicht weh tun, doch was sollte sie machen? Mit ihrem ersten Freund dauerte es dann auch nicht lange, sie trennte sich nach einigen Wochen wieder von ihm, fühlte sich nicht wohl dabei. Hatte ein schlechtes Gewissen. Ihrer Familie gegenüber, ihrem Bruder gegenüber sowieso und auch Yiannis gegenüber. Erst als sie auf der Uni in Thessaloniki einen Mann kennenlernte, legte sich das. Dann später, mit Masud, änderte sich alles. Ihr ganzes Leben.

Yiannis stützte seinen Freund, sobald sie das Kafenion verlassen hatten. Drinnen hatte Pergmann sich zusammen gerissen, wollte keine Schwäche zeigen. Doch jetzt bemerkte Yiannis, dass er zitterte und sich die Hand in den Magen drückte. Nikos hatte ihn empfindlich getroffen.

„Wird es gehen? Kannst du laufen?", fragte Yiannis besorgt.

„Ja, passt schon. Dieser Idiot! Der säuft ganz ordentlich inzwischen, oder?"

„Inzwischen? Das geht schon lang so. Rena macht sich Sorgen, aber Kiriakos findet es nicht weiter schlimm."

„Ja, ja die Eltern. Überall das Gleiche. Hast du dein Auto da?"

„Ja. Gleich da vorne. Was hast du vor? Du hast mich gesucht, oder?"

„Ja Mann. Wir müssen rauf in die Berge. Ich hab kein gutes Gefühl. Und es hat geschneit dort oben."

Sie hatten jetzt Yiannis' Auto erreicht. Er fuhr einen uralten Nissan Pritschenwagen, seit Jahren schon, zerbeult und verrostet stand er am Straßenrand.

„Wenigstens hat er Frontantrieb ..." murmelte Pergmann skeptisch.

„He! Sei nett zu ihm, sonst zickt er rum. Mein Auto hat Charakter!"

„Bei soviel Charakter könnte er ruhig etwas mehr Profil zeigen. Auf den Reifen, mein ich."

„Ach komm, hab dich nicht so. Dafür rutscht er gut bergab!"

Yiannis lachte. Sie stiegen ein, er startete. Tatsächlich sprang der Wagen sofort an. Kris nickte anerkennend.

„Lass uns noch Essen mitnehmen. Und trockenes Holz. Masud hat bestimmt nicht genug gemacht. Kennst ihn ja."

Sie fuhren bei Yiannis' Eltern vorbei. Die Familie Fitos hatte ein paar Kilometer von Plomari entfernt eine Taverne. Jetzt am Abend, zu dieser Jahreszeit, kam einem der Standort des Lokals unwirklich und abweisend vor. Es stand komplett allein unterhalb einer steilen Felswand, die holzgezimmerte Terrasse mit den nassen Dielen und dem laublos umrankten Dachspalier wirkte trostlos und ärmlich.

Doch der Eindruck täuschte. Sto Fitos, es hieß schlicht Bei Fitos, war ein hervorragendes griechisches Restaurant und weit über die Bucht von Agios Issidoros hinaus bekannt. Yiannis' Eltern kochten selbst, unterstützt von zwei Cousinen und einer Tante seines Vaters, im Sommer war es bei den Touristen ein heiß gehandelter Geheimtipp. Ohne Tischreservierung hatte man keine Chance, einen Platz zu bekommen. Zumindest war das so bis 2014, als die ersten Flüchtlingsboote ankamen. 2015, als die Fluchtwelle ihren vorläufigen Höhepunkt erlebte und die Berichte und Filmbeiträge aus den Lagern auf Lesbos die Wohnzimmer der Touristen in Mitteleuropa erreichten, musste niemand mehr reservieren bei Fitos' Taverne. Es kam kaum noch jemand auf die Insel. Dabei hatten die Fitos noch Glück, ihr Lokal war auch bei den Einheimischen sehr beliebt, diese Klientel blieb ihnen, selbst jetzt im Winter. Andere hatten da weniger Glück und hielten nicht einmal die erste Flaute durch.

Yiannis schlitterte durch das nasse Kiesbett der Parkfläche vor der Taverne und kam gerade noch so zum Stehen, bevor er in einen Stützpfeiler der Terrasse krachte. Kris klammerte sich am Türgriff fest und schüttelte den Kopf. Yiannis bevorzugte schon immer eine eher rustikale Fahrweise.

„Soll nicht doch besser ich fahren? Mit Schnee kenn ich mich als Deutscher aus.", versuchte es Pergmann vorsichtig.

„Vergiss es! Dass dieses Auto noch lebt, hat es nur mir und meiner Art zu fahren zu verdanken, weißt du doch!" Yiannis lachte rau.

„Hast du wirklich gerade gesagt, dein Auto lebt?"

Ungläubig schüttelte Kris wieder den Kopf. Sie gingen ins Haus und packten eine große Holzkiste mit Lebensmitteln. Mama und Papa Fitos standen daneben, sie hatten die beiden kurz begrüßt und schauten nun zu, was sie mitnahmen. Frau Fitos gab noch das eine ober andere mit in die Kiste, geredet wurde nicht. Sie wussten, für wen die Essenskiste war, aber sie wussten nicht, ob sie in Ordnung finden sollten, was ihr Sohn und der Deutsche da taten.

2 – In den Bergen

Es war schon fast dunkel, als sie endlich loskamen. Sie fuhren zurück nach Plomari, blieben eine kurze Strecke auf der Uferstraße Richtung Melinda, bogen dann aber nach Norden ab, verließen bald die geteerte Straße und bewegten sich auf unbefestigten kleinen Sträßchen und Wegen auf den Olymp zu. Hoch oben auf seinem Gipfel konnte man ein Leuchtfeuer erkennen, eine Einrichtung des Militärs, das hatte dort einen abgesperrten Stützpunkt. Den beiden diente die Leuchtmarkierung als Orientierungshilfe, denn obwohl Yannis hier geboren war und sich in der Gegend sehr gut auskannte, war es doch immer wieder eine Herausforderung, bei Dunkelheit und schlechtem Wetter sich in diesem Gebiet am Fuß des Berges zurechtzufinden. Noch dazu, wo sie die offiziellen Straßen mieden, um unerkannt zu bleiben. Die Dunkelheit hatte aber den Vorteil, dass sie eventuelle Verfolger sofort am Lichtschein der Scheinwerfer entdeckten. Hier ohne Licht zu fahren, wäre glatter Selbstmord. Langsam wurden die Wege immer steiler und dann, auf Höhe von Neochori, kam der Schnee dazu. Während sich Pergmann krampfhaft am Türgriff festkrallte und immer wieder skeptisch in die dunkle Tiefe starrte, die sich auf der Beifahrerseite auftat, lenkte Yiannis Fitos seinen alten Pickup unerschrocken bergauf. Der Wagen schlitterte und schlingerte hin und her, die Reifen drehten durch, doch irgendwie schaffte es Yiannis, ihn auf dem Weg zu halten. Kris beobachtete Yiannis und meinte ein bösartiges Grinsen auf seinem Gesicht zu sehen. Er schüttelte den Kopf und wandte sich ab.

„Was?" Yiannis hatte seinen Blick bemerkt.

„Dir macht diese Höllentour auch noch Spaß, stimmt's?"

„Genau! Keine Angst, ich bring uns da rauf ... Sind schon bald da."

„Du weißt wirklich noch, wo wir sind, oder? Unglaublich!"

Yiannis lachte laut und zwinkerte seinem Freund schelmisch zu.

„Schau auf die Straße, du Wahnsinniger!", rief Pergmann, doch Yiannis hatte alles im Griff. Er hatte Recht. Keine zehn Minuten später tauchte im Lichtkegel der Scheinwerfer das halbverfallene steinerne Wegkreuz auf, das Pergmann von den letzten Besuchen her erkannte. Gleich danach bog Yiannis scharf rechts in einen von dichtem Gestrüpp geschützten Hohlweg ab, der sich nach knapp hundert Metern zu einer kleinen Lichtung hin öffnete, wo unter einem steilen Felsvorsprung ein kleines, stallartiges Steinhäuschen stand. Yiannis stellte den Wagen ein paar Meter daneben ab, der einzigen flachen Stelle im Gelände. Die Schnauze des alten Nissan ragte dabei etwas über einen steil abfallenden Abgrund hinaus, wo man weiter unten die Lichter Ambelikos erkennen konnte. In dem kleinen Ort hatte vor langer Zeit ein Onkel von Yiannis' Vater gelebt, ihm gehörte dieses Stück Land mit dem Stall. Er hatte es Papa Fitos vererbt, er hatte keine nähere Ver-

wandtschaft. Der Onkel war vor mehr als fünfzehn Jahren gestorben und das Häuschen hier
oben war in Vergessenheit geraten. Bis Herr Fitos
seinem Sohn vor einigen Jahren davon erzählt
hatte, als sie zusammen in einem alten Fotoal-
bum stöberten, das Yiannis auf dem Dachboden
der Taverne entdeckt hatte und in dem ein Foto
des besagten Onkels klebte.

Yiannis richtete den Stall ein bisschen her, machte ihn bewohnbar. Sehr einfach, aber ausreichend. Er nutzte das alte Gemäuer und den Platz
dort oben als Rückzugsort, wenn er mal seine
Ruhe haben wollte, oder auch als Ausgangspunkt
für die Jagdausflüge, die er hin und wieder un-
ternahm. Er schoss gerne die wilden Hasen, die es
hier in den Bergen in großer Zahl gab. Jetzt hatte
er sein Gewehr zu Hause gelassen, obwohl die
Hasen im Schnee eine leichte Beute wären. Doch
er wollte keinesfalls durch die Schüsse Aufmerksamkeit erregen. Irgendwo auf der Insel waren die
Häscher von Stavros Garidis unterwegs, das war
sicher. Sie stiegen aus dem Wagen und gingen
durch den knöcheltiefen, pappigen Schnee hinüber zur Hütte. Die Türe öffnete sich und Masud
kam ihnen fröstelnd ein paar Schritte entgegen.
Er hatte eine dicke graue Decke über den Schultern und auch noch einen Schal um den Kopf
gewickelt. Das Brennholz war ganz offensichtlich
zu Ende.

„Habt ihr Tabak mitgebracht?“ Er formulierte die
Frage wie eine Forderung und blickte den beiden
genervt entgegen.

„Und Holz. Zum Essen haben wir auch nur noch wenig! Verdammt, so eine Scheiße hier!"

Yiannis packte ihn an der Decke, zog sie zusammen, so dass Masud die Arme nicht mehr benutzen konnte und drückte ihn zurück ins Innere der Hütte.

„Spinnst du? Was glaubst du, warum ihr hier oben seid? Schon vergessen?"

Damit schob er ihn von sich, Masud taumelte nach hinten und stolperte über den groben Holzschemel, der neben einem kleinen schiefen Tisch stand. Er fiel und landete auf den zusammengeschobenen Matratzen, die ein großes Lager bildeten. An der Wand, unter einem Berg schmutziger Tücher, Fellen und einer bettähnlichen Steppdecke hockte Alexia und starrte sie aus rotgeränderten Augen an. Sie erkannte sie nicht sofort, zuckte zusammen, als die zwei den Raum betraten und versuchte, sich in den Decken zu verstecken. Sie war voll drauf, das sahen sie sofort. Pergmann mahnte Yiannis zur Ruhe, half Masud auf die Beine, dann setzte er sich an den Tisch. Ein Spritzbesteck lag da auf einem schmuddeligen Stück weißen Baumwollstoff, eine halb offene Schachtel mit achtlos zusammengeknüllten Mullbinden, benutzten und noch verpackten Sterilpads daneben. Die Flaschen mit dem Desinfektionsmittel entdeckte er neben dem Bett. Der Raum stank nach abgestandenem Rauch, Kotze und modrigen Textilien. Natürlich auch nach dem Petroleum der alten Lampe, die im Eck auf einem Holzstock stehend spärlich Licht spendete. Masud hatte den Docht nicht richtig nachgeschnitten, so dass sie rußte. Jedesmal sagte er ihm das. Scheiß Drogen, dachte Pergmann und bedeutete Masud mit einem Fingerzeig, er solle ihm die Lampe bringen.

„Wie viel gibst du ihr? Fährst du wirklich langsam runter? Sieht ehrlich gesagt nicht so aus ...".

„Doch Mann! Nur noch die Hälfte. Wirklich! Aber das Zeug wird trotzdem langsam knapp."

„Das glaub ich dir gleich. Weil du dir dafür den Rest rein ziehst, stimmt's?"

Yiannis hob drohend die Hand Richtung Masud, doch Pergmann winkte ab.

„Ach lass ihn ... So geht das hier auf jeden Fall nicht weiter. Jetzt laden wir erstmal den Wagen aus und heizen ein. Was Vernünftiges zu Essen würde auch nicht schaden. Hey, Alexia! Steh mal auf! Ein paar Meter laufen tut dir gut, wir sind's, checkst du's? Yiannis ist hier und ich, Kris. Hallo!"

Alexia hob den Kopf und sah die beiden an. Ein kurzes Lächeln huschte über ihr Gesicht, sie hatte die zwei endlich erkannt.

„Ja, ja! Ich komm mit. Habt ihr Holz dabei? Mann, es ist so kalt hier! Sorry, hilf mir mal ..."

Yiannis war sofort zur Stelle, reichte ihr die Hand und zog sie hoch. Etwas unsicher stand sie vor dem Bett, sie zitterte. Yiannis hielt sie kurz an der Schulter, bis sie sich gefangen hatte. Sie sah ihn an, ihre Pupillen waren so klein wie zwei schwarze Stecknadelköpfe.

„Hi, Yiannis ... Danke! Ja, sorry, bin nicht ganz fit gerade ... Aber ich geh mit raus, tut mir gut. Kris hat recht. Masud, gibst du mir meine Jacke?"

Sie brachten alles aus dem Pickup ins Haus. Das Holz stapelten sie draußen neben der Eingangstür, einen Teil trugen sie hinein und füllten damit die große Kiste, die neben dem Ofen stand. Dann heizten sie ein, auf den zwei Platten des Ofens kochte Pergmann für alle einen Topf Nudeln und eine dicke Soße mit Hackfleisch und Fetakäse. Masud und Alexia hatten seit Tagen nichts Richtiges mehr gegessen, jetzt schlangen sie die Mahlzeit in sich rein. Yiannis und Pergmann mussten sie bremsen und hielten sie an, langsam zu essen, damit sie nicht gleich wieder alles erbrachen. In ihrem Zustand wäre das nichts Außergewöhnliches. Durch die Drogen waren ihre Körper ausgezehrt, der Magen empfindlich und ihre Wahrnehmung, was gut tut und was nicht, war sowieso komplett gestört. Während sie aßen, erwärmte sich die Hütte allmählich, das brennende Holz knisterte angenehm und warf flackernde Lichtreflexe an die Wände und Decke, sie hatten ein paar Kerzen angezündet. Es war beinahe gemütlich.

„Kein Retsina?"

Masud wischte sich den Mund ab und griff nach dem Wasserglas.

„Geht's noch? Du machst uns schon ohne Alkohol genug Probleme!", meinte Yiannis. Er lachte bitter und sah zu Alexia, die mit strähnigen Haaren über dem Teller hing und Nudeln in ihren Mund schaufelte. Die Lippen waren rissig und blass, die

Hand, mit der sie den Löffel hielt, war schmutzig, unter den Nägeln schwarzer Dreck, an einigen Fingern hatte sich das Nagelbett entzündet. Die Alexia, wie er sie in Erinnerung hatte, die schöne Tochter der Tanidis, die er seit seiner Kindheit liebte, war in dieser Person da vor ihm kaum wiederzuerkennen. In knapp eineinhalb Jahren hatte sie sich in einen kaputten Junkie verwandelt, länger hatte es nicht gebraucht. Und schuld daran war Masud.

3 – Masud

Masud war Libyer. Er stammte aus dem Süden des Landes nahe der Grenze zum Tschad. Seine Familie lebte in einem kleinen Dorf und fristete ihr Leben mit ein paar Ziegen, zwei spindeldürren Kühen und einigen Quadratmetern Land, auf dem die Mutter mit zwei älteren Schwestern Masuds etwas Gemüse anpflanzte und Minze für den Verkauf auf dem Markt. Der Vater war eigentlich Maurer, hatte aber keine Arbeit, doch immerhin wohnten sie deshalb in einem der wenigen aus Ziegeln gebauten Häusern des Ortes. Er hatte sich das Material aus ehemaligen Baustellen zusammengesammelt. Sein größter Stolz damals war ein altes Rennkamel, das er einem Tuareg abgehandelt hatte. Er nützte eine Notlage des Mannes aus, der dringend Geld brauchte für eine Zahn-Operation und nichts anderes anbieten konnte als dieses Kamel. So kam Masuds Vater sehr billig an das Tier, wusste allerdings nicht, wie alt es wirklich war. Er kannte sich nicht aus mit Kamelen. Es war sehr alt, was nur der Tuareg wusste, der den Libyer über den Tisch gezogen hatte. Auf jeden Fall veranstaltete Masuds Vater mit dem Kamel Rennen gegen die Tiere anderer Kamelbesitzer in der Hoffnung, damit viel Geld zu verdienen, was allerdings nicht der Fall war. Meistens verlor sein Kamel und er verlor das wenige Geld, das er noch besessen hatte und stürzte damit die Familie nur noch weiter ins Unglück. Bis seine Frau in einer Nacht- und Nebelaktion das

Kamel einem Schlachter verkaufte und mit dem Erlös eine kleine Fläche Ackerland erwarb. Seitdem sprach der Vater nicht mehr mit seiner Frau, saß nur noch vor dem Haus im Schatten und tat nichts mehr.

Masud war das mittlere von fünf Kindern und im Jahr 2014, als er entschied wegzugehen, nach Europa, war er dreiundzwanzig Jahre alt. Er stellte sich vor, dort zu arbeiten, Geld zu verdienen, um damit seiner Mutter und den Geschwistern helfen zu können. Mit seinem Vater wollte er nichts mehr zu tun haben. Er schloss sich einem der Flüchtlings-Trecks aus dem angrenzenden Sudan und dem weiter westlich gelegenen Niger an, die damals in großer Zahl die südliche Grenze nach Libyen passierten, um an die Mittelmeerküste zu gelangen. Seine Mutter hatte ihm etwas Geld mitgegeben, auch bei Verwandten hatte sie noch gesammelt, damit er die Überfahrt bezahlen konnte. Doch als er nach Wochen endlich an der Küste angekommen war, stellte sich heraus, dass es bei weitem nicht reichte. Die Schlepper verlangten ein Vielfaches dessen, was er noch besaß. So drohte ihm das Schicksal vieler anderer, die in der Hoffnung auf ein besseres Leben in Europa hier am Rand Afrikas gestrandet waren. Das rettende Ufer so nah, doch ohne Geld, die Überfahrt bezahlen zu können, hingen anfangs Hunderte, später Tausende in den Küstenorten Libyens fest. Sie warteten und hofften, irgendwie an Geld zu kommen, mit irgendeinem kleinen Job, manche versuchten es mit Handel, kauften Dinge und machten damit einen Stand auf, andere besorgten Lebensmittel aus dem Inneren des Landes und boten an mickrigen Garküchen Essen an. Die Versorgungslage war katastrophal, die Dörfer der Region waren mit dem Ansturm der Exilwilligen komplett überfordert und vom Staat kam lange Zeit keine Hilfe. Masud hatte Glück. Er lernte ein paar der Männer kennen, die die Touren organisierten. Libyer wie er, Landsleute, mit denen er sich gut verstand. Von hier, wo er gelandet war, nahe der Hafenstadt Choms fuhren die Boote hauptsächlich Richtung Malta oder Italien, zur Insel Lampedusa vor Sizilien, doch die Schlepper wollten noch eine andere, weniger überwachte Route einrichten. Sie sollte weiter östlich starten, fast schon an der Grenze zu Ägypten, und nach Kreta führen. Von dort dann direkt aufs griechische Festland, oder wenn es dort Probleme gäbe, dann eben über den Umweg in die Türkei, wo sich verschiedene Wege nach Europa anbieten. Wieder über See auf eine der nahegelegenen Inseln oder über Land und durch den Fluss Evros nach Griechenland. Masud sollte Bootsführer werden und die Flüchtlinge von Libyen nach Kreta bringen. Damit sei gutes Geld zu verdienen und nach ein paar Monaten könne er als gemachter Mann selbst nach Europa gehen.

Das Holzboot hatte einen stotternden Außenbordmotor, war acht Meter lang und knapp vier Meter breit. Heck und Bug waren gekappt und ohne den Motor hätte man nicht gewusst, wo hinten und vorne ist. Normalerweise bot es Platz für ungefähr vierzig Personen mit etwas Gepäck, doch schon bei der ersten Tour, die Masud übernahm, drängten sich fast doppelt so viele Menschen auf dem Deck. Trotzdem ging da noch alles gut und er erreichte Kreta nach sechs Stunden ohne Zwischenfälle. Im Schutze der Nacht wateten die ersten Geflüchteten an Land und verschwanden lautlos in der Dunkelheit. Masud fuhr mit dem nun leeren Boot in fast der Hälfte der Zeit wieder zurück, kassierte seinen Lohn von hundert Dollar und freute sich wie verrückt über diesen tollen Job. Er rechnete hoch und es wurde ihm beinahe schwindelig, als ihm klar wurde, wie viele Dollar er nach zwanzig, dreißig Fahrten besitzen würde. So viel Geld konnte er sich nicht einmal vorstellen. Doch bereits bei der fünften Überfahrt fand der Traum ein jähes Ende. Er hatte schon von anderen gehört, dass so etwas manchmal vorkam. Sie nannten es Fracht verlieren. Was nichts anderes hieß, als dass ein Boot kenterte und Menschen ertranken. Masud dachte darüber nicht weiter nach und war überzeugt, dass ihm das nicht passieren würde. Gleichwohl beherzigte er den Rat seiner Arbeitgeber, sich den Passagieren gegenüber distanziert zu verhalten, Unterhaltungen zu vermeiden, keinen Kontakt aufzunehmen. So betrachtete er die Menschen auf seinem Boot ebenfalls nur als Fracht. Er vermied Blickkontakt, nahm sie nur als konforme schwarze Masse wahr, was ihm leicht fiel, für ihn sahen die Schwarzafrikaner alle gleich aus. Nur manchmal scherzte er mit den Kindern. Die ignorierten seine abweisende Art einfach und plapperten mit unverhohlener

Neugier auf ihn ein. Doch in jener Nacht, seiner fünften Fahrt eben, war plötzlich alles anders. Das Meer war zuerst nur unruhig, dann nach drei Stunden kam ein Sturm auf. Masud versuchte, Kurs zu halten. Doch die Menschen auf dem Boot bekamen Angst, sie kannten das Meer nicht und begannen zu schreien. Masud versuchte alles, sie zu beruhigen, brüllte durch den Wind auf sie ein, sie sollten sitzen bleiben, sollten Wasser aus dem tief liegenden Boot schöpfen, ihre Kinder festhalten, doch das einzige, was die Leute mitbekamen, war seine eigene Angst, die blanke Panik, die aus seinen Augen sprach. Sie klammerten sich aneinander, krallten ihre Finger in die Seiten des Schiffes, das in den immer höher aufschäumenden Wellen hin und her schlingerte. Masud konnte das Ruder kaum noch halten, das Boot drehte in den Wind, fing sich dabei eine volle Breitseite ein und alle wurden nach einer Seite geworfen. Erst neigte sich das Boot nur, doch eine zweite Welle fuhr unter den Rumpf und schmiss es einfach um. Masud wurde hochgeschleudert und fiel wie durch ein Wunder wieder zurück auf das nun kieloben treibende Fährschiff. Er packte den nach oben ragenden Motor, zog sich zu ihm hin und umarmte ihn mit aller Kraft. Um ihn herum, im dunklen tobenden Wasser, erkannte er schemenhaft die Köpfe seiner Passagiere, mit weit aufgerissenen Augen kämpften sie um ihr Leben, verzweifelt versuchten manche zu ihm auf den Kiel zu gelangen, doch die Bordwand war zu hoch und zu glitschig.

Wie aus dem Nichts tauchten dann aus der Gischt Scheinwerfer auf, die Lichter eines Bootes der griechischen Küstenwache. Diesem Umstand war es zu verdanken, dass nicht alle ertranken, die Soldaten fischten einen nach dem anderen aus den Wellen und zogen auch Masud an Bord, nachdem er sie durch lautes Rufen auf sich aufmerksam gemacht hatte. Wie viele genau in jener Nacht den Tod fanden, ließ sich nicht feststellen, aber Masud gab bei seiner Vernehmung an, dass er – nachdem er die Menschen gezählt hatte, die noch am Leben waren und die sich nun verzweifelt weinend auf dem Deck des Rettungsschiffs zusammen drängten – schätzungsweise die Hälfte seiner ursprünglich gut sechzig Passagiere verloren hatte. Sie wurden allesamt nach Lesbos verfrachtet. Die Überlebenden kamen ins Camp Moria, einem großen Auffanglager nahe der Hauptstadt Mytilini im Osten der Insel. Masud steckten die Behörden ins Gefängnis, ihm sollte als Schlepper der Prozess gemacht werden, schließlich sahen sie in ihm einen Verantwortlichen der Katastrophe. Masud selbst fühlte sich auch schuldig. War traumatisiert, bekam den Anblick der Ertrinkenden nicht aus dem Kopf, ihre angstverzerrten Gesichter suchten ihn jede Nacht heim. Er drehte durch, randalierte in seiner Zelle, schrie und tobte, bis ein Arzt kam und ihn in eine psychiatrische Anstalt überstellte. Auf dem Weg dorthin gelang ihm die Flucht, die Beamten, die ihn begleiteten, hatten ihm nur nachlässig die eigentlich vorgeschriebene Zwangsjacke über die Schultern gelegt, dachten sie doch, der Gefangene sei stark sediert, doch diesen Zustand spielte Masud ihnen nur vor. Die Tabletten, die er vor dem Transport hätte nehmen sollen, hatte er nicht geschluckt, sondern heimlich ausgespuckt. Beim ersten Halt an einer Ampel riss er die Türe auf, ließ sich aus dem Wagen fallen, rappelte sich hoch, wobei er sich der Jacke entledigte, und verschwand im Getümmel dieser zum Glück für ihn sehr verkehrsreichen Straßenkreuzung nahe dem Zentrum Mytilinis. Die Beamten unternahmen nicht einmal den Versuch, ihm zu folgen. Masud machte sich auf den Weg nach Moria, zum Lager, er hatte gehört, dass dort chaotische Zustände herrschten, weil viel zu viele Menschen darin untergebracht waren. Die Anlage war für dreitausend Schutzsuchende ausgelegt, mittlerweile bevölkerten bis zu viermal so viele das Areal. Viele der Geflüchteten hatten sich schon außerhalb des umzäunten Geländes niedergelassen, einerseits um der Enge im Lager zu entkommen, andererseits um den gewaltsamen Auseinandersetzungen aus dem Wege zu gehen, die tagtäglich geschahen. Ihm schien dieser Platz der beste, um unerkannt zu bleiben. Da wollte er hin. Er hatte Recht. Das völlig überlastete Lager bot ihm genau den Schutz, den er suchte. Das überforderte griechische Personal, die Aufseher, die freiwilligen Helfer, sie alle hatten besseres zu tun, als auf vage Verdachtsmomente hin zahllose Personenkontrollen durchzuführen. Papiere hatten sowieso nur die wenigsten dabei. Natürlich gab es Untersuchungen, Anhörungen, aber die hatten alle mit der Flut von Asylanträgen zu tun, deren Zahl mit jedem Tag größer wurde. Diejenigen, die gar keinen Antrag stellten, die illegal und unentdeckt bleiben wollten, hatten da nichts zu befürchten. Die mussten sich nur vor den Polizeistreifen in Acht nehmen, wenn sie sich hinein nach Mytilini begaben, weg vom Lager. Masud ließ sich gleich außerhalb des umzäunten Areals nieder. Es gab eine Stelle relativ nahe am Eingangstor zum Camp, da hatte sich ein provisorisches Zeltlager gebildet, das hauptsächlich von Nordafrikanern bewohnt und organisiert war. Viele Marokkaner waren darunter, einige Algerier und Tunesier, aber auch ein paar Libyer, wie Masud recht schnell entdeckte. Afrikaner mit schwarzer Hautfarbe suchte man hier vergebens. Rassismus und Konflikte verschiedener Ethnien waren auch hier im Lager die Hauptgründe für Streitereien und Gewaltausbrüche. Diese Gruppe hier außerhalb des Zaunes hielt sich für etwas besseres, sie nannten sich die Weißen und waren gefürchtet von allen anderen. Sie hatten Kontakte aufgebaut zu einem Drogenring in Thessaloniki, dessen Boss, Stavros Garidis, dort in einer mondänen Villa am Stadtrand residierte und die Fäden zog, die bis in die griechische Politik reichten. Er unterstützte einige der aussichtsreichsten rechten Gruppierungen, die es schon bis in die Stadtparlamente einiger Städte Griechenlands geschafft hatten. Er war ein Hardcore-Rechter. Ausländische Partner für seinen Drogenhandel akzeptierte er nur, wenn sie zumindest hellhäutig waren. Schwarze Afrikaner nannte er immer noch Nigger. Insofern waren die Weißen von Moria genau die Richtigen, um seinen Stoff einerseits zu besorgen und dann auch in Umlauf zu bringen. Dass wiederum viele der Konsumenten seines Zeugs Schwarze waren, damit hatte er allerdings kein Problem. Außerdem machte er keinen Hehl daraus, dass er die ganze Migrations-Problematik zum Kotzen fand und diesen Abschaum, wie er es nannte, lieber heute als morgen dorthin zurück verfrachtet sehen wollte, wo er herkam. Das galt auch für die hellhäutigen Nordafrikaner, mit denen er sich hier auf Lesbos momentan aus geschäftlichem Interesse abgab. Er nützte sie und ihre Beziehungen zu den afrikanischen Drogenhändlern aus. Da ging es schon längst nicht mehr nur um Haschisch aus Marokko. Er bezahlte sie schlecht, ließ sie über die Klinge springen, wenn sie nicht spurten. Eigentlich waren ihm diese Leute zuwider, doch sie halfen ihm, an dem Aufschwung des Heroinhandels in Afrika lukrativ teilhaben zu können. Es etablierte sich gerade eine sogenannte Ost-Route, bei der große Mengen des Stoffes über den Seeweg aus Afghanistan kommend in Somalia auf den Kontinent gelangten und von dort relativ problemlos nach Europa weiter transportiert werden konnten. Oder eben gleich vor Ort verkauft wurde, die Zahl der heroinabhängigen Afrikaner schoss geradezu in die Höhe. Ein neuer profitabler Markt für Stavros Garidis, der sich dafür nicht scheute, mit den

übelsten Warlords zusammenzuarbeiten, die Somalia seit Jahren in einem unregierbaren Zustand
hielten. Denn so konnten die ihren dreckigen Geschäften am einfachsten und unbehelligt nachge-
hen.

Von all dem hatte Masud allerdings keine Ahnung, als er sich der Gruppe am Zaun anschloss
und sich darüber freute, wieder auf Männer aus
der Heimat zu treffen. Doch es dauerte nicht lang,
dann war er Teil eines Kuriersystems, bei dem der
geschmuggelte Stoff an Lesbos' Küsten von
Schnellbooten in Empfang genommen und ans
Festland gebracht wurde, oder wenn es sich um
kleinere Mengen handelte, von einzelnen Kurieren
mit den offiziellen Fährschiffen von Insel zu Insel
transportiert wurde. Gerade für die Touren mit
den Fähren eignete sich Masud hervorragend, da
sein Gesicht nichts arabisch-afrikanisches hatte,
sondern vielmehr dem eines griechischen Helden
der Antike ähnelte. Es kam nie dazu, dass er
sorgfältig kontrolliert worden wäre. Obwohl es
regelmäßige Kontrollen auf den Fährschiffen gab,
da es immer wieder vorkam, dass sich Flüchtlinge
unter die Touristengruppen mischten, um so aufs
Festland zu gelangen, nach Athen oder Thessaloniki. Nach ein paar Wochen fing Masud an, das
Zeug selbst zu versuchen. Erst aus Neugier, dann
wegen des Stresses und der Anspannung, den
seine Kuriertätigkeit mit sich brachte. Er wusste
inzwischen, wie man das Heroin verwendete, bei
der ersten Spritze half ihm noch einer aus Garidis
Truppe in Thessaloniki. Dort kam er auch in Kon-

takt mit Kokain, worauf er gleich voll abfuhr. Seine Angst bei den Touren war damit wie weggeblasen, der Job machte ihm jetzt richtig Spaß. Er hatte Geld, immer etwas Stoff, das Heroin zweigte er sich in kleinen Mengen von der Kurierware ab. Das fiel weder auf, noch war er da vorsichtig. Kokain besorgte er in Thessaloniki, das musste er kaufen. Er wusste zwar, das Garidis auch mit Koks handelte, doch da kam er nicht ran, darum kümmerten sich andere. Aber er war zufrieden und fühlte sich wohl in der neuen Gesellschaft. Dann lernte er Alexia kennen.

4 – Hüttenkoller

Nach dem Essen räumten sie die Hütte auf, so gut es ging half sogar Alexia mit. Masud machte das Bett und Pergmann putzte die improvisierte Küchenecke. Dann setzten sie sich an den Tisch, Yiannis brachte vom Pickup die große Thermoskanne mit Kaffee, die ihm seine Mutter bei der Abfahrt noch schnell durchs Fenster gereicht hatte. Eigentlich hatte er die gar nicht mitnehmen wollen und protestierte, aber sie bestand darauf. Jetzt war er froh darum. Er schenkte jedem eine Tasse ein, schweigend tranken sie.

Schließlich begann Pergmann:

„Also, wir bleiben heute Nacht hier, Schlafsäcke haben wir im Pickup. Aber morgen brechen wir sehr früh auf. Vor dem Morgengrauen. Damit wir niemandem begegnen. Ihr bleibt hier und haltet die Beine still. Und noch was ...“

Masud fiel ihm ins Wort: „Ey komm! Nehmt uns mit runter, ich halt das hier nicht mehr aus! Es gibt unten bestimmt auch einen Platz zum Verstecken. Hier ist es Scheiße Mann, ich dreh durch! Und Alexia auch, schau sie dir an, voll fertig die Frau. Ich kann mich nicht so kümmern wie ihr wollt. Muss selber schauen, wo ich bleibe! Wir werden hier nicht clean, wie stellt ihr euch das vor?“

Yiannis knallte seine Faust mit aller Wucht vor Masud auf den Tisch. Der war augenblicklich still und rückte mit seinem Stuhl ein Stück nach hinten. Er hatte Schiß vor Yiannis. Seit er ihn kennengelernt hatte vor zwei Jahren und dann schnell herausfand, dass er auf Alexia stand. Als klar war, dass Alexia an der Nadel hing, hatte Yiannis ihn verprügelt. Gnadenlos. Wäre damals nicht Pergmann dazwischen gegangen, er hätte ihn tot geschlagen.

„Jetzt hör mal zu, du Stück Dreck ..., entweder du tust, was wir dir sagen, oder wir setzen dich in die Fähre nach Thessaloniki mit einem Schild um den Hals. Geschenk für Stavros Garidis steht da drauf. Kapiert?"

„Lass ihn bitte, Yiannis!", mischte sich Alexia ein. „Mir geht es doch auch so. Hier ist es wirklich Scheiße. Nichts gibt es hier. Kein Handy, nicht mal fernsehen können wir hier oben. Du willst, dass ich gesund werde? Das schaffe ich hier nicht. Seit fast fünf Wochen sitzen wir in der Hütte. Und hat irgendwer was von Garidis Leuten gehört oder gesehen? Das ist doch Schwachsinn ... Sag doch du was, Kris!"

Pergmann dachte nach. Yiannis sah ihn an und meinte: „Und was ist mit den Leuten vom Lager? Seinen Kurieren?"

„Mann, Yiannis, das sind Freunde von Masud! Die verraten ihn schon nicht."

Alexia ergriff Masuds Hand.

„Sind sie doch, Schatz, oder? Es sind doch Freunde?"

Masud schlug die Augen nieder und erwiderte leise: „Na ja, die Marokkaner liefern mich sofort ans Messer. Denen geht es nur um die Kohle. Die schleimen immer rum bei Garidis Leuten. Trauen tu ich da nur meinen Landsleuten ..."

Yiannis lachte und sagte:

„Ach vergiss es! Nicht mal denen kannst du trauen! Wie naiv seid ihr? Du hast Garidis ein Kilo Koks geklaut. Der ist sauer! Der hat ein Kopfgeld auf dich ausgesetzt, Mann!"

„Ja schon. Aber die Weißen spazieren nicht so einfach über die Insel und suchen mich. Das können die sich nicht erlauben. Garidis hat ja gesagt, wir sollen uns nicht auf der Insel herumtreiben. Sicher sind die nur am Zaun. Wenn's da Kontrollen gibt, verschwinden sie einfach im Camp, da findet dich keiner."

Jetzt mischte sich Pergmann ein:

„Trotzdem, wir wissen nicht, ob Garidis ein paar seiner Leute aus Thessaloniki hier hat, um euch aufzuspüren. In Ruhe lässt der euch nicht, soviel ist sicher. Ich versteh euch, ihr wollt raus hier, aber das geht noch nicht. Ihr könnt nicht ewig hier bleiben, auch klar. Uns sollte mal einfallen, was wir überhaupt anfangen. Wie es weitergeht? Außer, dass ihr clean werdet. Zumindest Alexia. Du willst das doch hoffentlich noch, oder?"

„Ja, verdammt! Aber es ist schwer hier. Keine Ablenkung, kein Spaß. Nur alleine draußen rumlaufen, bringt's auch nicht. Niemand, der mir beisteht, Masud kann das nicht. Der ist doch kein Therapeut. Hat Angst vor Wölfen und schiebt Paranoia wegen Garidis."

Jetzt sah sie Yiannis flehend an.

„Ich muss hier bald raus, bitte! Yiannis ..., hilf mir!"

„Schon klar, wir werden euch bald hier wegbringen, versprochen. Aber ein bisschen müsst ihr noch durchhalten. Geht nicht anders. Wir müssen sicher sein, dass sich keiner von Garidis Killern hier auf der Insel herumtreibt."

Masud sprang auf, wütend warf er den Hocker gegen die Wand hinter ihm und schrie:

„Ich töte ihn! Ich schwör's, ich bringe dieses Monster um! Der soll uns in Ruhe lassen! Das Kilo war noch zu wenig für die Drecksarbeit, die er mich und die anderen machen lässt. Hockt da fett in seiner Villa und wir riskieren alles für ihn, für einen Hungerlohn! Seine ganze Familie soll verrecken, dieser Hurensohn, ich töte ihn ...!"

Nun tobte er vollends, die anderen drei waren bei ihm, hielten ihn fest, er warf durch die Hütte, was ihm in die Finger kam und brüllte wie ein Tier.

Dass er so ausrastete, passierte immer wieder mal. Seit der Sache mit dem Schiffsunglück, bei dem er aus nächster Nähe hilflos mit ansehen musste, wie Dutzende Menschen um ihn herum elend ersoffen waren und in den Fluten versanken, hatte er einen Knacks weg, war psychisch labil, litt unter Alpträumen. Die Drogen halfen ihm anfangs, aber dann machten sie alles nur noch schlimmer. Er redete mit niemandem darüber, nicht einmal Alexia hatte er davon erzählt. Das Nicht-drüber-Sprechen war ein großer Fehler, doch davon verstand er nichts. Alle anderen glaubten, der Grund für seine Ausraster, seine Verrücktheit wäre nur sein Drogenkonsum.

Masud beruhigte sich wieder, zog sich in eine Ecke der Hütte zurück und stierte auf den Boden. Ihm war klar geworden, dass sie noch hier bleiben mussten, auch wenn es ihm überhaupt nicht gefiel.

Am nächsten Morgen brachen Pergmann und Yiannis Fitos in aller Frühe auf. Alexia begleitete sie hinaus zum Wagen und bat sie nochmal eindringlich, nach einer anderen Unterbringung für sie beide zu suchen. Yiannis versprach es ihr, dann verabschiedeten sie sich. Alexia umarmte die zwei, dann blieb sie stehen und winkte dem abfahrenden Pickup lange hinterher.

Schweigend fuhren sie den Berg hinunter. Jeder hing seinen Gedanken nach. Immer wieder hielten sie Ausschau nach auffälligen Fahrzeugen mit Leuten, die nicht hierher gehörten. Aber ihnen kam nur einmal ein alter Traktor entgegen. Der Fahrer war in einen verfilzten Fellmantel gehüllt und trug eine Schildmütze mit Ohrenklappen. Es war saukalt hier oben am Morgen. Der Bauer hob zum Gruß die Hand, sie steckte in einem dicken Wollfäustling. Yiannis Fitos blickte noch kurz in den Rückspiegel und beobachtete das Gefährt, dann schüttelte er den Kopf und meinte:

„Langsam leide ich schon an Verfolgungswahn ... Hier ist niemand, hier war niemand und da wird auch keiner kommen."

Nach einer Weile sagte Pergmann:

„Vielleicht hat Masud Recht. Sie suchen ihn gar nicht. Garidis wartet nur darauf, dass er nervös wird wegen dem Kopfgeld und einen Fehler macht. Und nervös ist Masud ja schon."

Nach weiteren zwei Kilometern nickte Pergmann und meinte, mehr zu sich als zu Yiannis:

„Ich werde mal nach Moria fahren. Mit ein paar Leuten reden. Da kriege ich sicher was raus!"

Darauf antwortete Yiannis umgehend:

„Wenn du meinst ... Ich kenne da jemanden. Sie kann dir sicher helfen, sie arbeitet dort. Es ist Melina, die Schwester von Angelos Tsarpos. Kennst du. Der hat die Taverne in der Bucht von Kalini, macht den besten Fisch."

Vorsichtig blickte er zu Pergmann hinüber.

„Doch nicht die Melina, oder?"

„Doch, genau die. Mit der du dich so gezofft hast letztes Mal. Weil du besoffen warst."

„Mann, sie hat mich beleidigt! Ich sei ein Säufer und hätte sie angerempelt. Oder so ähnlich ..."

„Sie hat gesagt, du bist wohl der deutsche Tourist mit Alkoholproblemen und hast den letzten Flieger nach Hause verpasst. Darauf hast du sie gefragt, ob sie so eine Therapie-Tussi sei und bist ihr auf die Füße getreten, worauf sie dir ihr Glas Ouzo ins Gesicht geschüttet hat."

Yiannis lachte und klopfte seinem Freund aufmunternd auf den Oberschenkel.

„Du biegst das schon wieder hin! Sie hat ein dickes Fell und macht dort einen harten Job. Glaub mir, die ist anderes gewohnt. Außerdem findet dich ihr Bruder ganz nett. Hat er mir gesagt."

„Angelos? Wir kennen uns doch kaum. War ein paarmal essen bei ihm. Macht wirklich den besten Fisch. ‚Komm, gucken Fisch!‘, sagt er immer … Er ist schon witzig. Aber mehr war da eigentlich nicht …“

„Er hat mitgekriegt, wie du dich für Alexia einsetzt. Er ist ein Freund der Tanidis-Familie. Dass du kein Tourist mehr bist, das weiß er auch. Und das mit Alexia und Masud, das hat sicher auch seine Schwester mitbekommen. Sie wird dir helfen, da bin ich sicher!“

„Und du, Yiannis? Begleitest du mich?“ Yiannis winkte ab.

„Nein, nein. Lass mal. Das ist nichts für mich! Ich kann das nicht aushalten mit den Flüchtlingen dort. Werde wütend, wenn ich sehe, wie die da leben müssen. Mir reicht es schon, wenn ich jeden Tag davon lesen und hören muss. Ich helf dir hier, wenn nötig. Und halte dir Nikos vom Hals, das kannst du ja nicht allein!“

Er lachte wieder. Inzwischen waren sie unten angekommen und fuhren durch das noch verschlafene Plomari.

5 – Melina Tsarpos

Melina Tsarpos war auf Lesbos zur Welt gekommen. Doch ihr war das Inselleben schon früh zu eintönig, zu vorherbestimmt gewesen. Sie verließ die Insel, als sie gerade achtzehn geworden war, gegen den Willen ihrer Eltern und ging nach Athen. Wohin auch sonst sollte man gehen, wenn man jung war wie sie, etwas erleben wollte. Athen war die Welt, die Metropole, ein Wunder, wenn man von der Abgeschiedenheit einer Insel kam, auch wenn es dort Touristen gab, die wenigstens ein bisschen was von der Welt mitbrachten. Aber gerade das hatte bei Melina Tsarpos die Sehnsucht nach mehr geweckt und ihren Entschluss bekräftigt, Lesbos zu verlassen. Sie machte eine Ausbildung zur Rettungssanitäterin und arbeitete eine Zeitlang in der Stadt. Doch dann bekam sie das Angebot, hauptamtlich für eine Hilfsorganisation zu arbeiten. So eine Art schnelle Eingreiftruppe, die innerhalb weniger Stunden vor Ort sein konnte, wo etwas passiert war. Erdbeben, Überschwemmungen, Einsätze bei Hungersnöten und auch in Kriegsgebieten. Fortan war sie nur noch unterwegs, beinahe weltweit und fast pausenlos. Sie lernte die Welt kennen, allerdings nicht von ihrer besten Seite, und je länger sie sich in diesem Job aufopferte, desto öfter dachte sie an ihre alte Heimat, ihre Insel. Voller Wehmut und voller Sehnsucht. Lesbos kam ihr in ihren Träumen wie das Paradies vor, ein Ort des Friedens. Das war Anfang der 2000er Jahre. Dieser Traum wuchs und wuchs, bis er 2010 in einem bösartigen Burnout implodierte. Was zur Folge hatte, dass sie nach einem halbjährigen Klinikaufenthalt auf dem Festland tatsächlich nach Lesbos zurückkehrte. Sie baute eine kleine Sozialstation in Plomari auf, hatte dort auch eine Wohnung und half ihrem Bruder Angelos hin und wieder in der Taverne. Ihre Eltern waren mittlerweile gestorben, sie hatten den Geschwistern den ganzen Besitz zu gleichen Teilen vermacht. Dazu gehörte neben dem Haus, in dem Angelos lebte und die Taverne bewirtschaftete, noch etwas Land mit einem kleinen Steinhaus darauf und ein ansehnlicher Hain mit fast zweihundert Olivenbäumen. Melina erhob darauf keinen Anspruch, allerdings erhielt sie von ihrem Bruder einen Anteil des Erlöses aus dem Geschäft mit den Oliven zum Ausgleich. Sie verstanden sich sehr gut, Melina Tsarpos war mit ihrem Leben jetzt zufrieden. Sie hätte sich gut vorstellen können, dass es nun so weiterlief. Doch schon ab dem Jahr 2013 zeichnete es sich ab, dass dem nicht so sein würde. Melina kannte sich aus auf der Welt und so kam die Entwicklung, die den Lauf der Geschichte dramatisch ändern sollte, für sie nicht überraschend. Und doch stand sie das erste Mal fassungslos am Strand bei Mytilini und musste mit ansehen, wie im Sommer 2015 Boot um Boot, vollgepfercht mit Flüchtlingen an die Gestade Lesbos' gespült wurde. Mit so vielen Menschen hatte niemand gerechnet. Ab diesem Zeitpunkt war klar, welche Aufgabe für sie hier auf ihrer Heimatinsel gewartet hatte. Aufgrund ihrer Erfahrung gelang es ihr sehr schnell, eine funktionierende Hilfsorganisation auf die Beine zu stellen, sie organisierte Spendenaktionen, akquirierte Mitarbeiter, stellte medizinisches Personal ein und war von da an Tag für Tag in Moria vor Ort. Dort hatte das Militär ein Auffanglager errichtet, das aber schon nach ein paar Monaten aus allen Nähten platzte und kaum noch zu leiten war. Trotz aller Zäune, Kontrollstationen und der Präsenz vieler Soldaten konnten die gewaltsamen Auseinandersetzungen unter den Gestrandeten kaum verhindert werden und auch nicht, dass bald auch außerhalb des Lagers, im Schutz eines großen Olivenhains, ein weiteres wildes Camp entstand. Vielen Familien erschien es sicherer, hier ihre notdürftigen Zelte aufzuschlagen, als innerhalb der Zäune zwischen die Fronten rivalisierender Gruppen zu geraten. Schließlich lebten bis zu siebzehntausend Menschen auf einem Areal, das ursprünglich für gerade mal dreitausend geplant war. Das Militär, die Inselverwaltung und auch die internationale Gemeinschaft akzeptierten diesen Zustand. Hilflos und ohne die Idee einer Lösung. Ohne die selbstlose Unterstützung der Bevölkerung und solcher Menschen wie Melina Tsarpos wäre die Katastrophe überhaupt nicht mehr zu begrenzen gewesen. Melina selbst kümmerte sich hauptsächlich um die Frauen des Camps, alle anderen Maßnahmen hatte sie klugerweise delegiert. Sie hatte aus ihren Fehlern gelernt und geriet damit nicht mehr in Gefahr, sich aufzuarbeiten und zerrieben zu werden zwischen einer Unzahl an Aufgaben. Auch bewahrte sie sich eine gewisse Distanz den Dingen gegenüber, selbst den Menschen, denen sie beistand, begegnete sie mit einer Art Abgeklärtheit, die auf manche vielleicht befremdlich wirkte, für sie aber lebensnotwendig war. Trotzdem hatte sie sich ihre Empathie bewahrt und die kam an bei den Frauen und Mädchen, sie spürten sehr schnell, dass Melina eine Frau war, die wirklich auf ihrer Seite stand.

Kris Pergmann erreichte Melina Tsarpos auf ihrem Handy, als sie gerade in der Küche ihres Bruders stand und Fische ausnahm. Sie hatte vergessen, das Gerät auf stumm zu stellen, was sie normalerweise immer tat, wenn sie bei Angelos war. Sie wollte da nicht gestört werden, die Taverne ihres Bruders war eine Art Rückzugsort für sie, ein Platz, an dem sie Ruhe und Abstand fand. Sie wollte selbst entscheiden, wann sie das Telefon in die Hand nimmt. Natürlich war sie immer in Bereitschaft, doch sie hatte durchgesetzt, dass man sie nicht mehr wegen jedem noch so kleinen Problem kontaktierte, sie war ein bisschen stolz auf diese konsequente Haltung. Früher, vor ihrem Burnout, wäre das für sie undenkbar gewesen. Aber nun klingelte das Ding eben, sie wischte sich ärgerlich die Hände kurz ab und nahm den Anruf entgegen.

„Ja? Tsarpos hier. Was gibt es? Jetzt stinkt mein Handy nach Fisch ..." blaffte sie hörbar unfreundlich.

„Oh, das tut mir leid! Ich wusste nicht ... hier ist Pergmann, Kris Pergmann. Der Deutsche, dem Sie letztes Mal völlig zu Recht Ouzo ins Gesicht geschüttet haben." Instinktiv begab sich Pergmann in die Büßer-Rolle, nur so glaubte er eine Chance zu haben, dass die Tsarpos nicht gleich wieder auflegte, so unwirsch, wie sie eben geklungen hatte. Es blieb still. Pergmann sah auf das Display, schüttelte das Smartphone, obwohl das keinen Sinn machte.

„Hallo? Sind Sie noch dran?", versuchte er es nochmal. Jetzt endlich meldete sich Melina Tsarpos.

„Ja, ja, jetzt weiß ich wieder, wer Sie sind. Sie brauchen sich nicht nochmal zu entschuldigen. Was soll das? Ich habe jetzt zu tun."
Sie wollte das Gespräch schon beenden, doch der Typ redete ganz schnell weiter, damit sie das eben gerade nicht tun sollte.

„Nein, darum geht es nicht. Es geht um Moria, das Camp! Ich brauche Ihre Hilfe, bitte ... Sie kennen doch Alexia. Alexia Tanidis und ihren Freund, Masud aus Libyen. Sie haben sicher gehört, dass die zwei in Schwierigkeiten sind und ...", weiter kam er nicht, Melina Tsarpos unterbrach ihn.

„... und ihr versteckt die beiden, Sie und der junge Fitos. Hören Sie, soviel ich weiß, haben die beiden ein Drogenproblem und wollten schnelles Geld mit gestohlenem Koks machen. Für Alexia tut es mir leid, ich kenne das Mädchen. Die Familie sollte sich darum kümmern. Wir haben hier im

Lager genug Probleme, das können Sie mir glauben. Nicht nur mit Drogen. Ich wüsste nicht, wie und warum ich Ihnen helfen soll. Ich kenne Sie nicht. Außer im betrunkenen Zustand. Ich habe jetzt auch keine Zeit mehr."

„Halt! Warten Sie. Nur einen Moment. Es geht um die Weißen, die Gruppe am Zaun, Sie wissen, wen ich meine. Sie stehen in Verbindung mit diesem Drogenboss aus Thessaloniki, Stavros Garidis. Alles, was in Ihrem Lager mit Drogen zu tun hat, läuft über ihn, da können Sie sicher sein. Das muss Sie doch interessieren!"

„Sind Sie sicher? Es ist gefährlich, etwas zu behaupten, was nur als Vermutung in Ihrem Kopf existiert ... Und bitte, es ist nicht mein Lager, ja?"

„Tut mir leid ... Es ist aber auch gefährlich, weg zu schauen und nichts zu tun. Masud hat für die gearbeitet, er weiß, wovon er spricht. Sucht hin oder her."

„Und diesem Garidis hat er das Zeug geklaut? Ist er lebensmüde?"

„Deswegen will ich ja in Kontakt mit den Weißen kommen, wir wollen herausfinden, ob tatsächlich jemand von seinen Leuten auf der Insel ist und ihm ans Leder will. Ihm und auch Alexia, die hängt ja mit drin! Bitte helfen Sie uns."

Melina Tsarpos überlegte wieder. Nur kurz diesmal.

„Gut, wir treffen uns morgen Vormittag am Camp. Am Tor, das von der Landseite her ins Lager führt. So was wie der Haupteingang. Sie finden das schon. Gleich dahinter sehen Sie jede Menge

Container, für die Registrierungen und für die Wachmannschaften. Soldaten stehen auch rum. Aber quatschen Sie nicht mit denen. Warten Sie auf mich. So gegen zehn Uhr bin ich da."

Sie beendete das Telefonat ohne weiteren Gruß. Kris Pergmann schaute auf sein Handy und schüttelte den Kopf. Dann murmelte er vor sich hin: „Na, die hat mal Haare auf den Zähnen ..."

6 – Alexia Tanidis

Alexia ging in Thessaloniki auf die Uni, studierte Englisch und Geschichte, sie wollte Lehrerin werden. Ihre Semesterferien hatten begonnen und sie war auf dem Weg nach Hause, zu ihrer Familie, den Tanidis. Den Sommer auf der Insel verbringen, es war dort immer angenehmer als in der Gluthitze der Stadt. Außerdem sollte sie ihren Eltern in der Pension helfen, die Saison war voll im Gange. Auf der Fähre vom Festland nach Lesbos traf sie auf Masud. Er fiel ihr sofort auf. Groß war er, dunkle lockige Haare umrahmten sein Gesicht, ein gepflegter Bart umschloss seine vollen Lippen. Alexia lächelte still. Die Situation war fast zu kitschig um echt zu sein. Dieser Mann, dieses Bild eines Griechen, mit dem beginnenden Sonnenuntergang im Hintergrund vor dem blauen Meer. Er trug natürlich ein weißes Hemd, dazu ausgewaschene, ehemals schwarze Jeans, und er unterhielt sich energisch gestikulierend mit einer Gruppe junger Touristen, unschwer zu erkennen an ihren Reisetaschen und Rucksäcken. Der Mann trug selbst einen kleinen Rucksack und hielt eine Plastiktüte in der Hand, die bei seinen Bewegungen wild hin und her schwang. Alexia näherte sich der Gruppe langsam und unauffällig. Irgendetwas irritierte sie an dem schönen Mann, sie wollte herausfinden, was es war. Als sie nahe genug war, fielen ihr fast gleichzeitig zwei Dinge auf. Seine Augen flackerten, sie zuckten regelrecht hin und her, er konnte sie nicht eine Sekunde lang still halten. Sie hatte sich direkt hinter den Touristen platziert, ihre Blicke trafen sich unweigerlich, deshalb bekam sie das so deutlich mit. Dann wurde ihr klar, dass er kein Grieche war. Er sprach mit den Leuten vor ihm in einer Art gebrochenem Englisch, allerdings mit einem Akzent, der keinesfalls auf Griechisch als Muttersprache schließen ließ. Der Mann stammte aus Nordafrika, vielleicht Algerien. Oder er war Ägypter, dann wäre er wenigstens kein Flüchtling. Zumindest wäre das wenig wahrscheinlich. Sie hatte nichts gegen die Flüchtlinge. Im Gegenteil, sie taten ihr leid, sie bekam ja mit, was auf Lesbos mit ihnen passierte, seit die ersten vor über einem Jahr hier angekommen waren. Wie sie immer mehr wurden. Niemand wusste, was man mit ihnen machen sollte, die Regierung nicht, die EU nicht. Sie strandeten hier einfach, lebten in diesem schrecklichen Lager bei Mytilini und waren natürlich mit schuld daran, dass die Insel weltweit ihren schlechten Ruf weg hatte. Obwohl die Geflüchteten nichts dafür konnten. Trotzdem blieben viele Touristen weg, die Betten blieben oft leer in den kleinen Pensionen. Auch ihre Familie litt schon darunter, obwohl die Pension auf der entgegengesetzten Seite der Insel war, im Süden. Doch auch dort traf man immer häufiger auf Migranten. Sie hatten sich auf den Weg gemacht, weg vom Lager, auf eigene Faust. Die meisten wurden wieder zurückgebracht nach Moria, aber es tauchten immer wieder neue auf. Wie Gefangene behandelte man sie. Daran dachte Alexia, als sie hoffte, der Mann da möge kein Flüchtling sein. Irgendwie spürte sie, dass sie sich näher kommen würden. Sie und dieser schöne Typ da. Dann sollte es doch keine Probleme geben. Das wünschte sie sich. Denn bisher hatte sie kein Glück gehabt mit Männern. Sie war jetzt siebenundzwanzig, ihren ersten richtigen Freund hatte sie in Thessaloniki gehabt, auf der Uni. Mit vierundzwanzig. Vorher auf Lesbos gab es für sie kaum eine Möglichkeit, einen Mann, einen Liebhaber kennenzulernen. Obwohl sie sich so danach sehnte. Eine kurze Affäre hatte sie gehabt. Mit einem Jungen aus der Nachbarschaft. Niemand durfte davon wissen. Das war ihr zu kompliziert. Es gab für sie nur die Familie. Und ihren Bruder Nikos, der sie mit Argusaugen überwachte. Und es gab Yiannis. Yiannis liebte sie. Seit sie dem Kindsein entwachsen war, mit fünfzehn, sechzehn, und zu einer jungen Frau geworden war, spürte sie sein Verlangen. Er tat alles für sie, las ihr jeden Wunsch von den Augen ab und erfüllte ihn, auch wenn sie das gar nicht wollte. Er prügelte sich mit Nikos, wenn der wieder mal zu streng mit ihr war, ihr nichts erlaubte. Keinen Kinobesuch, sogar die *Volta* am Samstagabend mit ihren Freundinnen auf der Hafenpromenade von Plomari wollte er ihr vermiesen. Obwohl das ein ganz normales Vergnügen für griechische Familien war. Man machte sich schick für diesen Anlass, flanierte die Straße auf und ab, traf Freunde, Bekannte, plauderte, die jungen Leute konnten dabei die ersten zaghaften Kontakte knüpfen zum anderen Geschlecht.

Gruppen gleichaltriger Mädchen begegneten kichernd Gruppen halbstarker Jungen, es wurde gescherzt und gelacht, alles unter den wohlwollenden Augen der Erwachsenen. Doch Nikos wollte seiner Schwester sogar das vermiesen. Nur um zu verhindern, dass Yiannis ihr zu nahe kam. Sie beschwerte sich oft bei ihren Eltern darüber. Rena und Kiriakos Tanidis fanden aber ihre Einwände etwas übertrieben, trotzdem ermahnten sie Nikos, nicht so streng zu sein, waren aber doch froh, dass er die Aufsichtspflicht für seine kleine Schwester so ernst nahm. Ihnen selbst fehlte ganz einfach die Zeit dafür. Die *Volta* besuchten sie nur selten, dann aber umso ausdauernder. Das waren dann auch die herrlichsten Abende für Alexia, endlich konnte sie die Bummelei nach Lust und Laune genießen, während ihr Bruder mürrisch neben seinen Eltern her trottete. Da war dann natürlich auch Yiannis zur Stelle, mit ihm war es immer lustig, er unterhielt die ganze Truppe mit seinen Witzen und musste nicht fürchten, gleich von Nikos angegriffen zu werden. Nikos hasste Yiannis regelrecht, sie lagen als Kinder schon immer im Wettstreit miteinander, beim Schwimmen, beim Tauchen, beim Klettern und Rennen und immer hatte Yiannis die Nase vorn. Über die Jahre erwuchs aus dieser Konkurrenz in Nikos solch eine Wut auf seinen Kinderfreund, dass er Yiannis, wo immer es ging, schaden wollte. Seine Schwester Alexia gönnte er ihm auf keinen Fall, da wollte er ihm nicht den Hauch einer Chance geben. Dass Alexia auf Yiannis Avancen sowieso nicht einging – sie schätzte ihn als Freund, aber mehr empfand sie nicht für ihn, entging Nikos in seinem Zorn. Alexias Jugend in dem Spannungsfeld zwischen ihrem cholerischen Bruder und Yiannis, dessen hoffnungsloses Buhlen ihr mehr und mehr auf die Nerven ging, verlief selten entspannt und war zu oft von bescheuerten Konflikten geprägt. Es war eine Befreiung für sie, als sie endlich zum Studium nach Thessaloniki durfte, voraus gingen zahllose Diskussionen mit ihren Eltern und auch mit Nikos, ob denn das auch der richtige Weg für sie sei, aber ihre Noten waren einfach zu gut und ihre Schule setzte sich auch entscheidend für sie ein. In Thessaloniki blühte sie dann auf, lernte das Stadtleben lieben, fand an der Uni schnell Anschluss und bald auch einen Mann, mit dem sie endlich die Liebe leben konnte, die ihr auf Lesbos verwehrt geblieben war. Er hieß Ari, war fünfzehn Jahre älter als sie und einer ihrer Englisch-Dozenten. Er hatte eine Wohnung in der Stadt, was Alexia sehr toll fand, bewohnte sie doch nur ein kleines Zimmer im Studentenheim der Uni. Dort hätten sie sich niemals unbemerkt treffen können, es war klar, dass diese Verbindung nicht gerade gut geheißen worden wäre vom Kollegium. Ari wollte sowieso nicht, dass irgendwer etwas mitbekam von ihrer Beziehung. Diese Heimlichkeit war der einzige Wermutstropfen in Alexias erster großer Liebesgeschichte. Ansonsten schwebte sie auf Wolke sieben. Ari machte ihr großzügige Geschenke, sie machten Ausflüge, er führte sie aus, meistens natürlich in Gegenden weit weg von Thessaloniki, sie übernachteten dort in guten Hotels, neben ihrer Liebe machte sie Bekanntschaft mit einem luxuriösen Lebensstil, wie sie sich es nie hatte vorstellen können. Und dann war Ari ja auch der Mann, mit dem sie das erste Mal Sex hatte. Auch da hatte Alexia Glück. Zumindest am Anfang. Er war ein guter Liebhaber, so waren ihre Erfahrungen in dieser Hinsicht sehr erfüllend für sie. Allerdings war er auch unersättlich. Er wollte und konnte immer und forderte das auch ein. Die ersten Wochen fand sie das auch toll und wollte es gerne, doch irgendwann wurde es ihr doch zu viel, sie hatten ständig Auseinandersetzungen deswegen. Nach einem halben Jahr fand sie auch heraus, was der wahre Grund für seine Heimlichtuerei war. Eher zufällig. Sie war in der Nähe seiner Wohnung unterwegs und beschloss spontan, ihn zu überraschen. Obwohl er das nicht wollte, es gab immer feste Verabredungen, zu denen er sie auch meistens abholte. Aber sie dachte sich nichts dabei, ihn an diesem Tag einfach einmal so zu besuchen. Also stieg sie zu seiner Wohnung hoch, die im dritten Stockwerk eines Appartementhauses lag. Vor ihr tat dasselbe eine gutaussehende Frau mit zwei Kindern. Zwei Jungen. Vielleicht zwischen zehn und zwölf Jahren alt. Sie scherzte noch mit ihnen. Weil sie sich nach ihr umdrehten – sie war wirklich nur ein paar Stufen hinter ihnen, schnitt Grimassen und lachte. Doch dann blieb die Frau vor Aris Wohnungstür stehen, läutete, Ari öffnete, die Jungen stürmten hinein und riefen: „Papa! Papa! Wir sind wieder da!"

Die Frau gab Ari einen Kuss, in dem Moment sah er Alexia. Sie stand mit offenem Mund nur zwei Meter hinter seiner Frau, die sich jetzt auch umschaute. Im selben Augenblick, in dem sich ihre Blicke trafen, wussten beide Frauen, was hier los war.

„Du bist das Letzte!", zischte Alexia ihn an, machte auf dem Absatz kehrt und rannte die Treppe hinunter. Nach dieser Erfahrung hatte sie erstmal genug von Männern. Bis eben zu dieser Fährfahrt im Sommer zwei Jahre später, als sie auf Masud traf und sofort wusste, der ist der Richtige. Sie sprach ihn noch vor Ende der Überfahrt an, hatte all ihren Mut zusammen genommen, ihr war klar, eine bessere Möglichkeit würde sich nicht ergeben. Ihr rutschte fast das Herz in die Hose, als sie ihn zu einem Kaffee im Hafen von Mytilini einlud, in den sie gerade einfuhren. Masud sagte sofort ja, ihm war das schöne Mädchen mit den langen, zu einem dicken Zopf gebundenen Haaren und der fast athletischen Figur schon längst aufgefallen. Auch, dass sie ihn die ganze Zeit über beobachtet hatte.

„Du bist sehr sportlich, oder?", war das erste, was er fragte, nachdem sie einen freien Tisch vor einem der Cafés an der Uferstraße gefunden hatten. Sein Griechisch war noch sehr schlecht, doch Alexia half ihm mit Englisch über die Verständigungsschwierigkeiten hinweg, das beherrschte er ganz gut. Ja, sie treibe viel Sport, erzählte sie

ihm. An der Uni war sie Mitglied der Schwimm-
mannschaft, sie schwamm für ihr Leben gern.
Schon als Kind und Jugendliche war sie eine her-
vorragende Schwimmerin, es gab kaum einen
Jungen in Agios Issidoros, der mit ihr mithalten
konnte. Sie erzählte ihm von ihrem Bruder Nikos
und ihrem Freund Yiannis, die immer wieder versuchten, ihr im Wasser Paroli zu bieten, es aber
einfach nicht schafften. Wie sie sich dann jedesmal ärgerten, besonders ihr Bruder, der so ehr-
geizig war, aber selbst hinter Yiannis zurückblieb.
Was ihn wütend machte, weil er Yiannis nicht
mochte ... Alexia erzählte atemlos, was ihr einfiel,
von ihren Eltern, ihrer Familie, von Plomari und
dann von der Uni, wie toll Thessaloniki war, sie
wollte keine peinliche Pause aufkommen lassen.
Masud ließ sie reden, er sah sie nur an, er liebte
den Klang ihrer Stimme, verstand nur die Hälfte
von dem, was sie sagte, aber das war ihm egal.
Nur das mit dem Schwimmen, das hatte er gut
verstanden, und so sagte er, als Alexia doch einmal eine Verschnaufpause einlegen musste:
„Es tut mir leid, aber ich bin ein schlechter
Schwimmer."
Alexia sah ihn an, dann lachte sie lauthals los.
Das mit dem Schwimmen war der Auftakt ihrer
Unterhaltung gewesen, darum verstand sie seine
Antwort erst nicht. Er lachte jetzt auch und alles
war gut. Das Eis war gebrochen, von da an waren
die beiden ein Paar.
Auch, wenn er nun doch ein Flüchtling war. Und
auch, obwohl Alexia schnell herausfand, womit

Masud Geld verdiente. Und dass er selber Drogen nahm. Nur hin und wieder. Wie er sagte. Was sie ihm nicht glaubte. Aber sie verzieh ihm alles. Ganz schnell war sie süchtig nach ihm. Und sie sagte auch nicht nein, als er ihr zum ersten Mal Kokain anbot.

7 – Im Camp

„Wieso sprechen Sie so gut Griechisch? Eher ungewöhnlich für einen deutschen Touristen. Cali Mera, ich bin Melina Tsarpos."
Kris Pergmann hatte sie nicht kommen gesehen. Erschrocken fuhr er herum. Vor ihm stand eine kleine, zierliche Frau, vielleicht um die vierzig, schwer zu schätzen. Ihr Gesicht wirkte jugendlich frisch, ihre Augen aber, groß und dunkel, blickten ihn unergründlich, streng und etwas müde an. Das könnten auch die Augen einer sehr alten Frau sein, dachte er. Sie hatte glattes dunkelblondes Haar, kurz geschnitten bedeckte es ihren Kopf fast wie ein Helm, wären da nicht die paar wirr weg stehenden schwarzen Strähnen gewesen, die ihrem Aussehen etwas Punkiges verliehen. Sie sah gut aus auf eine besondere Weise und entsprach ganz und gar nicht der Erinnerung, die er an die Person hatte, mit der er vor einiger Zeit betrunken zusammengerauscht war. Da war sie ihm viel größer vorgekommen und korpulenter. Verdammter Ouzo. Hatte ihm wieder ordentlich zugesetzt.
„Oh! *Signomi!* Entschuldigung, ich habe Sie nicht kommen sehen …", er streckte ihr seine Hand entgegen, die sie auch ergriff. Er schüttelte sie zu lange, so dass sie sie schließlich unwirsch zurückzog.
„Ich hab's in der Schule gelernt. Also Altgriechisch zuerst am humanistischen Gymnasium in München. Da bin ich aber raus, war mir zu heftig.

Meine Oma hat mich da hingeschickt. Später habe ich das normale Griechisch gelernt. In einer Sprachschule. Mir gefällt die Sprache einfach. In Lindau war das. Im Urlaub war ich eigentlich immer in Griechenland unterwegs. Bis auf einmal. Da war ich mit meiner Frau in England. War eher beruflich wegen Rockbands und ...", jetzt unterbrach ihn Melina Tsarpos, indem sie abwehrend die Hände hob und laut zu lachen anfing. Und wie sie lachte. Laut und schallend lachte sie, auch ihre Augen strahlten nun eine Fröhlichkeit aus, die Pergmann ihnen vor zwei Minuten nicht zugetraut hätte.

„Stop! Bitte hören Sie auf! Ich wollte nicht Ihre ganze Lebensgeschichte. Ein anderes Mal vielleicht. Es war nur eine einfache Frage und Sie haben sie in wirklich gutem Griechisch beantwortet. Das reicht mir. *Efaristo!*"

Jetzt lächelte auch Pergmann erleichtert. Auf einen Schlag war ihm diese kleine Frau sympathisch.

„Ich weiß nicht. Sie wirkten so ... so streng zuerst. Dann mit unserer Vorgeschichte. Übrigens lebe ich inzwischen hier. Seit fast fünf Jahren schon."

Wieder unterbrach sie ihn:

„Ich weiß, ich weiß! Nehmen Sie mir den ‚Tourist‘ nicht mehr übel. Ich war sauer auf Sie! Kommen Sie, ich zeige Ihnen erst das Lager. Dann suchen wir die Leute, von denen Sie sprachen."

Sie gingen durch das mit Gittern gesicherte Tor, vorbei an einigen missmutig blickenden Soldaten. Sie kannten die Tsarpos, darum fragten sie nur kurz nach, wer der Mann sei, mit dem sie das Lager betrat. Kris Pergmann hörte, wie sie antwortete: „Er ist ein Freund, kein Journalist. Keine Sorge, Jungs!"

Sie nannte die Soldaten tatsächlich Jungs, was darauf schließen ließ, dass sie bei ihnen eine gewisse Autorität genoss. Ihn hatte sie als Freund tituliert, was er mit einem kurzen Lächeln in ihre Richtung quittierte. Klar, was hätte sie auch anderes sagen sollen, sie wollte schließlich keine Diskussion über seine Person anstoßen. Wichtig war der Hinweis, dass er kein Journalist war. Da reagierten die Militärs inzwischen sehr dünnhäutig. Die weltweiten Berichte über die Zustände in Moria hatten kein gutes Haar an der Führung des Camps gelassen, auch wenn die Hauptverantwortlichen ganz wo anders saßen. In Athen, in Ankara und in Brüssel. Aber hier vor Ort hatte das Militär das Sagen und man wollte nicht länger den Kopf hinhalten für die Versäumnisse der großen Politik. Also kamen so gut wie keine Journalisten mehr ins Lager. Eine Maßnahme, die jedoch angesichts der inzwischen ebenso katastrophalen Lage außerhalb des Zauns zur Farce wurde. Pergmann war noch nie hier gewesen, hatte sich die ganzen fünf Jahre, seit er nun auf Lesbos lebte, immer drüben in der Gegend um Agios Issidoros und Plomari aufgehalten. Sicher, er hatte die Geschichten gelesen über die Lager auf den Inseln, wusste Bescheid über die Situation der Flüchtlinge, er las auch noch deutsche Zeitungen, doch bisher hatte es für ihn keinen Grund gegeben, dass er sich weiter damit befasste. Zu viel hatte er mit sich selbst zu tun. Noch immer. Aber was er jetzt hier sah, was ihm Melina Tsarpos zeigte, erschütterte ihn zutiefst. Sie führte ihn eigentlich nur herum, sprach kaum, erklärte nichts. Das war auch nicht nötig. Es waren dieselben Bilder und Szenen, die er aus den Medien kannte. Menschen in schmutzigen Kleidern stapften mit leerem Blick durch knöcheltiefen Matsch, Kinder, die weinend und vor Kälte zitternd, vor provisorischen, aus Plastikplanen und Paletten zusammengebauten Zelten hockten. Neben ihren Müttern, die ihnen nichts zu geben hatten. Manche wirkten teilnahmslos, andere reagierten aggressiv, als sie an ihnen vorbeigingen, redeten auf sie ein. Melina Tsarpos blieb einige Male stehen, tauschte ein paar Worte aus, hier ein Lächeln, da eine Geste. Pergmann blieb hinter ihr, war merkwürdig aufgeregt. Es waren dieselben Bilder, doch jetzt war er live dabei, kein Bildschirm, kein glänzendes Display schützte ihn vor der Wirklichkeit hier im Lager, sie stürzte sich auf ihn, warf ihn fast um. Was hinzu kam, waren die Vielzahl an Gerüchen und der Gestank, wenn sie die Latrinenplätze passierten. Und dann roch er plötzlich wieder Parfüm, einmal umwehte ihn ein schwerer, Patchouli-ähnlicher Duft, auch das gab es hier, völlig surreal in dieser Umgebung. Die Geräusche nahm er wie durch einen Filter, wie mit Watte gedämpft, wahr, sie erinnerten ihn an diesen schlimmen Indianerfilm mit Dustin Hoffman – Little Big Man –, als die Kavallerie ein Dorf niedermachte, und die schrecklichen Szenen wurden durch so einen Effekt noch erhöht. Man sah eine Menge galoppierender Pferde, doch man hörte nur den dumpfen Hufschlag des einen, dessen Reiter einem kleinen Indianermädchen im Vorbeiritt den Kopf abschlug. Und das Zischen des Säbels. Genauso drangen auch hier die Geräusche an sein Ohr. Irgendwann hielt er es nicht länger aus, er schloss zu Melina Tsarpos auf, tippte ihr auf die Schulter, sie drehte sich um. Eigentlich wollte er etwas sagen, doch sie nickte nur und meinte: „Okay, Ihnen reicht es – Sie haben genug gesehen. Kommen Sie, ich bringe Sie raus."

8 – Die Weißen

„Sie sind da jeden Tag? Im Lager mein ich?", fragte Kris Pergmann, als sie endlich durch ein großes Loch im Zaun, weit weg vom Haupttor, das umzäunte Areal verlassen hatten. Ständig gingen durch dieses Loch Menschen rein oder raus, er fragte sich, für was es eigentlich noch diesen Haupteingang mit den Soldaten gab. Die Tsarpos stand am Gitter gelehnt und zündete sich eine Zigarette an.

„Nein, nicht jeden Tag. Aber oft. Die Leute brauchen mich. Es gibt immer irgendwelche Probleme. Die Frauen werden oft von ihren Männern geschlagen, manche vergewaltigt. Es gibt Prostitution und natürlich auch Drogenhandel. Deswegen sind Sie ja hier Heute. Manchmal geht es auch nur ums Essen, zu wenig, zu schlecht, die Kinder werden krank, dann brauchen wir einen Arzt. Jetzt ist es kalt, die Leute wollen Feuer machen, heizen. Das dürfen sie aber nicht, schauen Sie mal, wie eng das hier alles ist. Wenn es da zu Brennen anfängt, dann Gute Nacht ... Trotzdem machen es viele – und es hat ja schon einige Male gebrannt. Ging gerade noch so gut. Das hier ist ein Pulverfass, die Nerven liegen blank. Manchmal kann man beruhigen und helfen –, manchmal eben nicht ..."

Sie zog an ihrer Zigarette, ihr Blick schweifte über die unzähligen Behausungen zwischen den Olivenbäumen außerhalb des Camps. Eigentlich sah es hier draußen nicht anders aus als drinnen, dachte Pergmann, nur fehlten die Latrinen und Waschplätze und die Verteilung der Zeltplätze, die innerhalb des Lagers noch einer gewissen Logistik folgte, wirkte chaotisch und willkürlich. Es gab keinerlei Ordnung. Jede Familie, jede Gruppe baute sich ihr Lager, wie sie es benötigte. Niemand hinderte die Leute daran oder griff ein. Dieses Lager, innen wie außen, war nicht mehr zu führen. Weder organisatorisch noch humanitär. Hier herrschte Anarchie, das wurde Pergmann klar, als er sich das alles betrachtete. Das Militär reagierte nur noch auf die massivsten Ereignisse, hatte längst den Überblick verloren. Es waren Menschen wie Melina Tsarpos, die verhinderten, dass das alles nicht schon in einer Apokalypse versunken war.

„Wie halten Sie das aus, Melina? Macht es Sie nicht kaputt?"

„Ach wissen Sie, ich war schon an so vielen Scheiß-Orten auf dieser Welt und das hat mich fast geschafft. Ich war kaputt, ja, aber nun bin ich hier, das ist meine Heimat, ich kenne die Menschen hier, meine Familie –, ich wusste lange nicht, wie wichtig das ist. Früher wollte ich nur weg – war auch richtig eine Zeitlang – bis ich gemerkt habe, ich kann die Welt nicht retten. Das hat mir den Boden unter den Füßen weggezogen. Ich bin zurückgekehrt und konnte das zum Glück verarbeiten. Jetzt helfe ich wieder, aber ohne mich kaputt zu machen. Ich weiß, was geht und was nicht geht, und ich habe Distanz dazu. Vielleicht denken Sie jetzt, das klingt frustriert, keine

Ideale mehr und so. Aber seit ich erkannt habe, dass Realität nichts mit Idealen zu tun hat, kann ich wieder effektiv arbeiten. Es klappt sogar besser als vorher."

„Tut mir leid, ich wollte nicht …"

„Muss Ihnen nicht leid tun. Es gab eine Frage und ich konnte sie beantworten, that's all. Aber jetzt kommen Sie, gehen wir mal die bösen Buben besuchen. Nur noch einen Moment –, alleine können wir da nicht auftauchen."

Sie holte aus ihrer Umhängetasche ein Handy und führte ein kurzes Gespräch. Ein paar Minuten später erschienen zwei Soldaten, sie begrüßten Melina Tsarpos freundlich – offensichtlich kannten sie einander – und nickten auch knapp Kris Pergmann zu.

„Es ist besser, in Begleitung diesen Besuch zu machen", meinte Melina Tsarpos zu ihm gewandt.

Der Lagerplatz der Weißen stand in krassem Widerspruch zu all dem Chaos, was sonst hier vorherrschte. Die Zelte – circa zwanzig an der Zahl – standen nicht in Reih und Glied, aber doch in einer gewissen Ordnung zueinander. Sie bildeten eine Art Fort, wie eine Wagenburg in alten Westernfilmen standen sie in einem unregelmäßigen Halbkreis nebeneinander, die Eingänge nach innen zu einem Platz hin ausgerichtet, die Rückseite war geschützt durch einen Wall aus kaputten Paletten, alten Plastikeimern und anderem Müll, man sah auch die zerrissenen Reste einiger Schlauchboote, die zuvor für die Fahrt übers Meer benutzt worden waren. Dann war noch eine Vielzahl ausgebleichter und zerschlissener ehemals gelborangener Rettungswesten in dem Wall verbaut. Pergmann stieß Melina Tsarpos an und machte sie darauf aufmerksam. Auf ihn wirkte diese Szenerie geradezu surreal.

„Die Westen ... ja ich weiß. Sie holen sie unten am Strand, da liegen die zu Hunderten herum, genauso wie die kaputten Boote. Sobald die Menschen das Ufer erreicht haben, werfen sie die Sachen weg, sie wollen nichts mehr damit zu tun haben. Die meisten haben Angst vor dem Meer."

Noch etwas fiel ihm auf. Die Zelte, die hier standen, waren durchwegs in gutem Zustand, manche wirkten fast neu und aus jedem ragte ein Ofenrohr. Sie hatten die ersten Zelte beinahe erreicht, als ihnen ein Mann entgegentrat und sie aufhielt. Ein paar Meter hinter ihm, am Rande des Zeltrings, tauchten weitere Männer auf. Sie blieben in einer Reihe nebeneinander stehen und fixierten die Ankömmlinge. Misstrauisch und unfreundlich wirkte das. Der Anführer, ein großer Kerl mit bärtigem Gesicht – er trug schmutzige, graue Jeans und einen olivfarbenen Parka mit einer Kapuze aus Fell – wandte sich an Melina Tsarpos und sprach sie in gebrochenem Griechisch feindselig an: „Was wollt ihr hier? Dich kenne ich. Du hilfst Frauen. Hier gibt es keine Frauen. Also?"

Sie baute sich vor ihm auf, stemmte die Hände in die Hüften und sagte: „Ich kenne dich auch. Du bist Mustafa Amiri. Und die kennen dich auch ...", damit zeigte sie auf die beiden Soldaten, die mittlerweile links und rechts von ihr Aufstellung bezogen hatten, „und wir wissen alle, was ihr hier treibt."

Amiri lächelte jetzt. Noch immer boshaft, aber er wirkte eine Spur verunsichert.

„Sie alle können sich gerne hier umschauen. Wir machen nichts Verbotenes. Was denkst du? Wir warten wie alle hier. Wir wollen weiter, wollen Asyl!"

Jetzt lachte die kleine Griechin.

„Aber solange ihr wartet, verdient ihr euch noch ein paar Euros dazu, ja? Klartext: Es ist bekannt, dass ihr für Garidis arbeitet. Ihr seid geschickt, man kann euch nichts beweisen. Noch nicht …"

Amiri schnaubte verächtlich, bewegte sich schnell zwei Schritte auf Tsarpos zu, doch die zwei Soldaten griffen sofort an ihr Holster, machten ihm damit unmissverständlich klar, dass sie nur zu gerne auch von den Waffen Gebrauch machen würden, wenn er ihnen nur den geringsten Anlass dazu gäbe. Er hob sogleich beschwichtigend die Arme und zischte: „Vorsicht! Das ist kein gutes Thema …, darüber rede ich nicht!"

„Aber ich rede darüber! An deiner Stelle wäre ich etwas kooperativer. Es könnte sonst sehr schnell passieren, dass dein Verfahren abgekürzt wird und du morgen im Flieger sitzt – in Handschellen und mit einem entsprechenden Begleitschreiben für die Behörden in Beirut …"

Jetzt wurde Mustafa Amiri kleinlaut und fragte flüsternd: „… verdammt, woher weißt du …?"

Melina Tsarpos lächelte und antwortete:

„Tja, mein Junge …, ich bin zwar nur eine Frau, aber ich hab's echt drauf! Also, Deal?"

Von Amiri erfuhren sie dann, dass Masud tatsächlich von Garidis Leuten gesucht wurde, aber sich nicht sicher waren, ob er und seine Freundin sich noch auf der Insel aufhielten oder sich schon auf das Festland abgesetzt hatten. Und auch, dass Garidis sich sicher war, dass Masud einen Fehler machen würde, sich verraten würde, er hielt ihn nicht für besonders schlau. Außerdem ließ er die Pension der Familie Tanidis beobachten. Die Familie seiner Freundin. Vorsichtshalber.

„Und? Helfen die Informationen Ihnen nun weiter?", fragte Melina Tsarpos auf dem Weg zu ihrem Wagen. Kris Pergmann begleitete sie, er wollte am Parkplatz auf Yiannis warten.

„Ja sicher. Masud und Alexia werden die Neuigkeiten aber nicht gefallen – sie werden weiter in ihrem Versteck bleiben müssen. Das wird ihnen nicht schmecken … Aber sagen Sie, woher wissen Sie die Dinge, mit denen Sie diesen Typ so unter Druck setzten konnten?"

„Na ja, ich arbeite hier. Diese Typen da am Zaun sind nicht sehr beliebt. Da kommt man leicht an Informationen, wenn man weiß, wie man fragen muss."

„Und warum verheimlicht er, dass er aus dem Libanon kommt?"

„Weil die wenigsten, die aus dem Libanon kommen, echte Flüchtlinge sind. Es gibt große libanesische Clans, die mittlerweile in Europa sehr aktiv sind, und Leute wie dieser Amiri, er wird nicht der einzige Libanese hier im Camp sein, die halten hier die Stellung, organisieren die Verbindungswege zwischen Europa und dem nahen Osten. Solche Lager sind die perfekte Tarnung für sie, in der Masse fallen sie nicht auf, die meisten geben sich als Syrer aus, oft haben sie falsche Papiere, sehr gut gemacht."

„Aber wenn Sie jetzt wissen, was das für einer ist, kommt der ungeschoren davon?"

„Nein, nur zum Schein. Wir kennen momentan nur ihn. Die Polizei hofft über ihn noch an andere Clan-Mitglieder heran zu kommen. Ich hoffe nur, er verlässt sich auf mein Wort, dass ich ihm gegeben habe. Darum wird er erst mal in Ruhe gelassen, damit er sich wieder sicher fühlt ..."

„Sie haben keine Angst, dass er rauskriegt, dass Sie mit den Behörden zusammen arbeiten? Dass er und seine Freunde sich rächen? Ist doch gefährlich, oder?"

„Ich bin vorsichtig, ja – aber ich habe auch keine Angst. Ich habe auch keine Skrupel – falls Sie das auch noch fragen wollen – die Machenschaften dieser Leute aufzudecken und mitzuhelfen, dass sie ausgewiesen werden oder besser noch ins Gefängnis kommen. Ich habe keinen Respekt vor ihnen. Sie ziehen den Ruf der vielen Anständigen hier im Camp in den Dreck, benutzen sie als Tarnung, bedrohen sie und sind für schlimme Dinge verantwortlich – nein, vor denen habe ich keine Angst, ich bekämpfe sie. Aber das wissen sie nicht. Sie nehmen mich als Frau nicht wirklich ernst, was mein Vorteil ist."

Inzwischen waren sie am Parkplatz angekommen, Yiannis wartete schon in seinem Pickup auf Pergmann. Mit laufendem Motor, um den Innenraum zu heizen. Es war empfindlich kalt geworden.

„Aber Sie, sie beide, was ihr da macht, ist auch nicht ganz ungefährlich. Wenn die rauskriegen, dass ihr Masud versteckt, werdet ihr sehr schnell Probleme bekommen. Also passen Sie auf ... *Jia, a proxima*, bis bald!"

Während sie in ihren Wagen stieg – sie hatte einen alten VW Polo, dessen ehemals weißer Lack schon etliche größere Roststellen aufwies – winkte sie kurz Yiannis zu, dann fuhr sie los. Mit durchdrehenden Reifen, so dass Kris Pergmann sich wegducken musste, um nicht eine Ladung Kies ins Gesicht zu bekommen.

Yiannis lachte, als er einstieg und meinte: „Die Dame fährt einen heißen Reifen, was? Da weißt du, was du an meinen Fahrkünsten hast! Da will ich nichts mehr hören, ja?"

„Na ja, versprechen tu ich dir das nicht ... Jetzt lass uns zu den Tanidis fahren. Rena und Kiriakos müssen die Augen offenhalten, Garidis lässt wahrscheinlich die Pension beschatten. Hat zumindest dieser Amiri behauptet."

„Ach du Scheiße ...", meinte Yiannis, „sind seine Leute also doch aktiv auf der Insel. Na dann los!" Bewusst langsam ließ er den Wagen vom Parkplatz rollen. Dabei grinste er Pergmann an. Der rollte mit den Augen und schüttelte den Kopf. Aber er musste lachen.

9 – Yiannis Fitos

Yiannis Fitos mochte Kris Pergmann schon, als er noch ein kleiner Junge war und Kris mit seiner Frau das erste Mal nach Lesbos kam. Wie sie sich mit ihnen angefreundet hatten und Kris die ewigen Streitereien zwischen Nikos und seiner Schwester, und dann auch zwischen Nikos und ihm, geschlichtet hatte, das fand er großartig. Dass die beiden Griechisch lernen wollten, von ihnen, den Kindern – was hatten sie da Spaß gehabt! Später, als sie langsam erwachsen wurden und klar war, dass die kindlichen Auseinandersetzungen zwischen Yiannis und Nikos nicht aufhörten, sondern sich zu einer dauernden Antipathie auswuchsen – die beiden mochten sich einfach nicht –, da stellte sich Kris Pergmann immer öfter auf die Seite von Yiannis und vor allen Dingen auch auf Alexias. Nikos drangsalierte seine Schwester über die Maßen, betrachtete sie beinahe als seine Schutzbefohlene, was Kris und seine Frau überhaupt nicht tolerieren konnten. Er ging dabei sehr hinterhältig vor, so dass Rena und Kiriakos Tanidis davon so gut wie nichts mitbekamen. Obwohl Kris und seine Frau sehr gut befreundet waren mit den Eltern der beiden, wollten sie sich doch nicht zu weit in deren Familienangelegenheiten einmischen. Kris übernahm weiterhin eine vorsichtige Vermittlerrolle, suchte auch des Öfteren das Gespräch mit Nikos – was aber meistens nichts brachte – wogegen Cordula, seine Frau, ein starkes Verhältnis zu Alexia aufbaute.

Die zwei wurden richtige Freundinnen. Genau wie Yiannis und Pergmann sich mehr und mehr anfreundeten, je älter Yiannis wurde. Kris bewunderte Yiannis' Zielstrebigkeit, mit der er sein Leben bestritt. Als Jugendlicher schon half er in der Taverne seiner Eltern, arbeitete im Service, lernte nebenbei das Kochen von seiner Mutter und wäre noch heute sicher in der Lage, das Geschäft seiner Eltern von einem Tag auf den anderen übernehmen zu können. Doch er wollte mehr. Yiannis fing in der berühmten Ouzo-Destillerie von Plomari eine Ausbildung an, lernte von Grund auf alles, was mit Ouzo zu tun hatte. Über zwei Jahre arbeitete er in der Brennerei selbst, bei der Herstellung des Getränks, und schloss diese Zeit mit einem Diplom ab, ähnlich vielleicht einem Kellermeister in Deutschland, danach wechselte er in den Vertrieb, machte dazu eine kaufmännische Ausbildung und arbeitete erfolgreich mit einem Team, das sich überwiegend um das Exportgeschäft der Destillerie kümmerte. Der Coup gelang ihm vor sechs Jahren, als er speziell für den deutschen Markt ein Geschenk-Set entwickelte. Eine formschöne Flasche Ouzo, zwei Gläser, jeweils mit dem blau-weißen Logo ‚Ouzo Plomari', in einer Kartonverpackung mit sehnsuchts-weckenden Griechenland-Motiven. Damit schaffte er es, den bis dahin herrschenden Markenführer Ouzo 12 zu verdrängen. Nach diesem Erfolg wurde er zum Vertriebsleiter der Firma befördert, was ihm nicht nur zu finanzieller Unabhängigkeit verhalf, sondern auch viel Freiheiten ließ bei der Gestaltung seiner Arbeitszeiten. Das war ihm besonders wichtig. Er behielt auch seine Wohnung bei den Eltern und er wollte auch kein neues Auto, obwohl er sich das nun ohne weiteres hätte leisten können. Im Spaß bemerkte Kris Pergmann immer mal wieder, dass er den alten Pickup nur behalte, um ihm mit seinem Fahrstil damit weiter Angst einjagen zu können. Er fuhr oft mit ihm mit, die zwei unternahmen einiges zusammen, verbrachten Zeit miteinander, oft war auch Alexia mit dabei. Seit Pergmann ganz auf die Insel gezogen war – nach dem tragischen Tod seiner Frau –, war die Freundschaft der drei noch enger geworden.

Nikos hingegen hatte mit Ausbildung oder Arbeit wenig im Sinn. Er jobbte mal hier und da, machte die Olivenernte mit, eine Zeitlang fuhr er mit einem Bekannten seines Vaters zum Fischen aufs Meer hinaus, hörte aber bald wieder damit auf, er mochte den Gestank auf dem Kutter nicht, sagte er. Lieber hing er mit Freunden herum, trank zu viel, im Grunde wartete er nur darauf, einmal die Pension seiner Eltern übernehmen zu können. Dafür verdingte er sich wenigstens als Hausmeister in der Pension, zumindest hin und wieder. Der Freundschaft Yiannis mit Pergmann begegnete er mit offenem Missfallen, musste sie aber tolerieren, da Rena und Kiriakos Tanidis sowohl Kris als auch Yiannis sehr schätzten. Yiannis unterstellte ihm, dass er gerade deshalb seine Schwester so schikanierte, aus kalter Wut über die Zuneigung der Eltern ihnen beiden gegenüber. Aber auch weil er, Yiannis, nach wie vor in Alexia verliebt war. Nikos wollte Yiannis damit wehtun. Immer wieder gerieten die beiden in erbitterten Streit, manchmal schlugen sie sich auch, was glücklicherweise bisher jedesmal glimpflich ausgegangen war. Beide Elternpaare – Fitos und Tanidis – bedauerten sehr, dass sich ihre Söhne so gar nicht ausstehen konnten, hatten die Familien doch ansonsten immer ein sehr gutes Verhältnis gehabt.

10 – Sucht und Traum

Masud hatte Alexia immer tiefer in den Drogensumpf gezogen. Sie dachten beide, sie hätten das im Griff, könnten jederzeit aufhören, sie wollten doch nur Spaß haben. Masud zweigte ständig mehr vom Kokain ab, das er eigentlich in Thessaloniki an Garidis' Mittelsmänner übergeben sollte. Irgendwann begann er, das Zeug mit einer Mischung aus Mehl und Puderzucker zu strecken, damit die Fehlmenge beim Nachwiegen nicht auffiel. Dann kam er darauf, dass er für ein Gramm Koks, wenn er es selber verdealte, eine weitaus größere Menge an Heroin bekam. Also fing er an, auf den Straßen von Thessaloniki Garidis' Ware an die Süchtigen zu verscherbeln. Er und Alexia hingen binnen kürzester Zeit an der Nadel. Alexia schmiss ihr Studium, behielt aber noch einige Zeit das Zimmer im Wohnheim, in dem auch Masud wohnte, wenn er sich in Thessaloniki aufhielt. Irgendwann erfuhren schließlich die Eltern und Alexias Bruder, was mit ihr los war – ehemalige Freundinnen von der Uni hatten sie informiert – und forderten sie auf, sofort nach Agios Issidoros zurückzukehren. Nikos Tanidis kündigte auf der Stelle das Zimmer, er rief einfach bei der Heimleitung an und erzählte denen von der Drogensucht seiner Schwester, worauf die ihr sofort den Schlüssel abnahmen und sie des Hauses verwiesen. Masud mietete daraufhin ein billiges Zimmer in einer heruntergekommenen Pension am Frachthafen, dort verkrochen sie sich erstmal und

Masud entwickelte einen Plan, der ihnen ein sorgenfreies Leben irgendwo im Ausland ermöglichen sollte. Er ging zur Villa von Stavros Garidis und verlangte ihn zu sprechen. Es ginge um ein größeres Geschäft. Nach einigem Hin und Her empfing ihn Garidis tatsächlich. Der hatte sich informieren lassen über den Libyer und erfahren, dass er immer verlässlich gearbeitet hatte, von seiner Drogensucht wusste er nichts. Auch sonst wusste niemand davon, weder die Leute aus Garidis' Umfeld in Thessaloniki, noch jemand von den Weißen in Moria hatten mitbekommen, dass er inzwischen ein Junkie war. Masud sah nach wie vor gut und gesund aus. Er hatte stets darauf geachtet, dass er seine Jobs clean durchführte. Es gab also keinen Anlass, ihm zu misstrauen. Masud erfand die Geschichte eines potentiellen neuen Großkunden, den er angeblich im Yacht-Hafen von Mytilini kennengelernt hatte. Ein reicher Engländer, der im großen Stil einsteigen wollte, aber vorerst anonym blieb und der nun quasi als Testlauf ein Kilo Kokain orderte, bevor er danach mit Garidis persönlich in Verhandlung treten werde. Masud bekam das Kilo ausgehändigt und machte sich sofort auf den Weg. Allerdings nicht nach Lesbos. Er traf sich in Thessaloniki mit verschiedenen Typen, denen er jeweils schon vorher festgesetzte Mengen des Kokains verkaufte. Er war den ganzen Abend unterwegs, ständig das Handy am Ohr, bis er gegen 23:00 Uhr seine Geschäfte beendet hatte und zu Alexia in das Pensionszimmer zurückkehrte. Euphorisch, mit einem Haufen

Geld in der Tasche, dazu noch einiges von dem Kokain und mit einer ordentlichen Portion Heroin, die er sich von einem Teil des Geldes zugelegt hatte. Was er nicht ahnte, war, dass er die ganze Zeit unter Beobachtung stand, Garidis hatte ihm einen seiner Leute nachgeschickt, vorsichtshalber. Vertrauen hin oder her. Die beiden feierten ihren Coup mit etwas Heroin, legten sich dann aber doch bald schlafen, denn sie wollten am nächsten Morgen frühzeitig los. Ihr Plan war, zuerst mal nach Athen zu fahren, um dort unterzutauchen. Die Stadt eignete sich hervorragend dafür, sie war riesig groß, ein Moloch von Großstadt, unübersichtlich und chaotisch. Selbst Stavros Garidis und seine Leute würden sie da nicht so schnell aufstöbern. Aber sie wollten sowieso nur so lange bleiben, bis sie sich einig waren, wohin sie sich absetzen könnten. Alexia träumte von Spanien, Masud zog es eher nach Skandinavien. Sie diskutierten schon seit Tagen darüber. Aber erst mal schliefen sie glückselig und bedröhnt ein. Mit dem süßen Gefühl, nun endlich reich zu sein, träumte jeder seinen Traum.

Alexia wachte gegen vier Uhr morgens auf. Schlagartig. Sie schreckte hoch, riss sich die Bettdecke weg und war mit zwei, drei Schritten am Fenster. Da taumelte sie erstmal, ihr wurde schwindelig, der Kreislauf verkraftete das schnelle Aufstehen nicht. Sie sackte zusammen, musste sich beruhigen, durchschnaufen. Dann raffte sie sich wieder auf, spähte angestrengt durchs Fenster, gegen das starker Regen trommelte. Sie konnte nichts erkennen, doch sie spürte, irgendwas stimmte hier nicht. Sie sprang zum Bett zurück, rüttelte Masud solange, bis der endlich murrend zu sich kam.

„Masud! Steh auf! Schnell! Da ist wer ... Ich spür das, da sind Leute ums Haus. Ich habe Angst!" Obwohl sie sich bemühte, leise zu sein, schrie sie die Worte fast, Masud musste ihr den Mund zu halten. Er war jetzt hellwach, im Aufstehen zog er sich die Hose an, ging zum Fenster, spähte hinaus. Doch auch er erkannte nichts.

„Wissen die, wo du wohnst, ist dir wer gefolgt?", zischte Alexia hinter seinem Rücken. Ruhiger jetzt, konzentriert. Ihr Instinkt witterte Gefahr. Sie schlich zur Türe, öffnete sie vorsichtig.

„Nein, glaub ich nicht ... Aber ich weiß es nicht.", flüsterte er, während beide in das dunkle Treppenhaus lauschten. Plötzlich hörten sie von unten ein unterdrücktes Niesen und gleich darauf ein: „Schhhht!"

„Scheiße!" Masud machte schnell kehrt und begann, seine Sachen zusammen zu raffen.

„Wir müssen weg ... Pack dein Zeug, los beeil dich! Scheiße! Scheiße! Kein Licht, mach kein Licht!"

Durchs Fenster drang fahl der Schein einer flackernden Straßenlampe, in diesem hell und dunkel wechselnden Dämmerlicht sammelte Alexia mehr tastend als sehend ihre Klamotten in einen Rucksack, dann griff sie sich noch die Tasche mit den Sachen von der Uni. Sie kippte um, alles fiel heraus, hastig räumte sie das meiste wieder hinein. Masud stopfte alles, was er dabei hatte, in eine große Plastiktüte, das Geld und den Rest der Drogen verstaute er in seiner ledernen kleinen Umhängetasche, die er immer bei sich trug.

Dann schlichen sie vorsichtig durch den Korridor bis sie an eine gläserne Balkontüre kamen, die hinaus auf eine Dachterrasse führte, von der eine Art Feuertreppe hinunter in den Hinterhof der Pension und damit auf die Straße ging. So leise wie möglich drückten sie den Hebel zum Öffnen der Tür herunter. Doch im letzten Augenblick – der umgeklappte Hebel berührte schon fast wieder den Türstock – gab er ein hässliches, vor allen Dingen lautes Knarren von sich, gleichzeitig sprang die Glastür mit einem dumpfen Knall auf. Sie war wahrscheinlich schon längere Zeit nicht mehr geöffnet worden. Sofort ging im Treppenhaus das Licht an, Stimmen waren zu hören und das Getrappel von mehreren Paar Schuhen, die die Treppe hoch stürmten. Masud und Alexia rannten zu der eisernen Feuertreppe, die sich eher als Leiter denn als Treppe entpuppte und kletterten so schnell es ging nach unten. Sie waren noch nicht ganz unten, da sahen sie zwei Verfolger nur einige Meter über sich. Masud zerrte Alexia die letzten Sprossen der Leiter rabiat herunter, sie schrie kurz auf – „Du tust mir weh!" – dann flohen sie in die nächstbeste dunkelste Gasse, die sich auftat. Es regnete so stark, dass sie nicht hören konnten, ob die zwei Typen noch hinter ihnen waren, doch dann blitzte kurz der Schein einer Taschenlampe auf und sie befanden sich für einen Moment in ihrem Lichtkegel. Ihre Schatten hüpften zuckend über den regennassen Asphalt. Fast im gleichen Augenblick klatschte mit einem dumpfen Ploppen eine Kugel knapp neben Masud in die Hauswand.

„Verdammt! Die schießen auf uns! Wir müssen runter zum Hafen. Da kenn ich mich aus!", stieß Masud keuchend hervor. Er war es nicht gewohnt, so zu rennen, seine Kondition war am Ende, doch das Adrenalin peitschte ihn vorwärts. Auch Alexias Kreislauf spielte verrückt, doch bei ihr machte sich das intensive Schwimmtraining bemerkbar, die Drogen hatten ihren Körper noch nicht so ausgezehrt. Sie rannten weiter, nun ging es zum Glück bergab, nach ein paar Minuten erreichten sie den Hafen. Zuerst die große Pier, in deren Nähe die Handelsschiffe und Fähren anlegten, da wandte sich Masud nach links, sie liefen einige hundert Meter an den Hafenanlagen vorbei, bis sie an eine kleinere Mole gelangten, hinter der kleinere Motorboote von Privatleuten und etliche Fischerboote vor Anker lagen.

Masud blieb stehen, schwer atmend, er wusste nicht mehr weiter. An einem Steg, der weit in das Hafenbecken hinein ragte, lagen festgezurrt zwar einige Boote, aber so schnell würde er keines davon flottmachen können. Die Verfolger waren zu nahe, sie sahen schon das Irrlichtern der Taschenlampe, keine Minute würde es dauern und sie wären da.

Alexia packte ihren Freund an der Hand und zerrte ihn auf den Steg.

„Was hast du vor? Da geht's nicht weiter, keine Chance!", stieß Masud heiser hervor, seine Stimme gehorchte ihm kaum.

„Vertrau mir! Komm jetzt … Und pack das Geld in die Plastiktüte, schnell!"

Sie rannten den Steg entlang, Masud versuchte, die Ledertasche mit dem Geld und den Drogen in die Plastiktüte zu stopfen, doch sie fiel ihm runter, der Verschluss sprang auf und der Inhalt verteilte sich auf den Holzdielen des Stegs oder fiel ins Wasser.

Ein Großteil der Geldscheine schwamm in dem aufgewühlten Wasser einfach davon. Verzweifelt rafften sie zusammen, was sie in der Hektik noch fanden, doch als Alexia kurz hoch schaute, sah sie die Männer auf den Steg zu laufen – beide hatten ihre Waffen gezogen – und sie realisierte, dass ihnen keine Zeit mehr blieb. Noch hatten sie sie noch nicht entdeckt, der dichte Regen und die Dunkelheit schützten sie. Aber wenn sie erst auf den Steg kamen, saßen sie in der Falle. Sie stieß Masud unsanft in die Seite, gab ihm Zeichen, keinen Laut von sich zu geben und zog ihn hoch. Das restliche Geld blieb zurück und wurde mit dem nächsten Windstoß ins Meer gefegt. Gebückt liefen sie noch einige Meter weiter, dann schickte sich Alexia tatsächlich an, ins Wasser zu springen. Mit Masud, den sie, so fest sie konnte, am Arm festhielt.

„Was machst du? Ich kann nicht richtig schwimmen …", flüsterte er, doch Alexia sah ihn mit hartem Blick an, keinen Widerspruch duldend, und erwiderte: „Willst du das hier überleben? Dann spring! Ich schwimme für uns zwei!"

Sie sprang und riss Masud mehr mit sich, als dass er selbst gesprungen wäre. Das Wasser war eiskalt, die wellige Gischt spritzte ihnen salzig ins Gesicht und brannte in den Augen. Doch Alexia wusste, wohin sie wollte. Obwohl ihr von den Drogen ausgezehrter Körper rebellierte und sie keuchend nach Luft schnappen musste – so anstrengend war es für sie, sich mit dem schwerfälligen Masud im Schlepptau durchs Wasser zu kämpfen – machte sich jetzt ihr hartes Schwimmtraining an der Uni bezahlt. Ihr Gehirn schaltete in den Wettkampfmodus und unbeirrbar pflügte sie durch die Wellen.

Ungefähr dreihundert Meter vom Steg entfernt hatte sie ein Motorboot ausgemacht, es lag etwas abseits von den anderen, weiter entfernt auch. Exponiert dadurch, aber genau da zog es sie instinktiv hin. Sie erreichten das Boot, als Garidis' Leute sich bereits auf dem Steg befanden und anfingen, die dort befestigten Boote zu untersuchen. Aufs Meer richteten sie ihre Aufmerksamkeit nicht. Sie rechneten einfach nicht damit, dass jemand so verrückt sein könnte und bei diesem Wetter, bei der ruppigen See ins Wasser sprang, um so weit hinauszuschwimmen. Alexia und Masud klammerten sich außer Atem auf der Rückseite des Bootes an den Strippen der Persenning fest. Vorsichtig lugten sie um die Bordwand herum und beobachteten die Männer auf dem Steg. Sie konnten sehen, wie die ein Boot nach dem anderen untersuchten, und als sie niemanden fanden, gaben sie wohl aus Frust über ihren Misserfolg einige Schüsse auf eines der Boote ab. Dann zogen sie ab.

„Die hätten uns abgeknallt ... die hätten uns eiskalt erschossen!", flüsterte Masud erschrocken.

„Wahrscheinlich. Los, rauf aufs Boot. Kriegst du das zum Laufen?" Alexia hatte die Persenning geöffnet und kletterte an Deck. Masud folgte ihr. Es war kein großes Boot, doch es hatte eine Kajüte, in der fanden sie ein paar Decken und sogar einige alte Klamotten. Einen Jogging-Anzug, eine löchrige Jeans und noch eine schmutzige Kapuzenjacke. Sie zogen die nassen Sachen aus, wärmten sich so gut es ging in den Decken auf und schlüpften dann in die trockenen Sachen. Masud sah sich den Motor an und den Tank.

„Kein Problem! Und der Tank ist noch fast voll. Was ein Glück!"

„Dann lass uns schnell abhauen, es wird gleich hell!" Alexia entfernte die Abdeckung komplett, einen Teil davon zog sie am Bug über die Windschutzscheibe, hinter der die Lenkung war. Der Steuerplatz war nicht überdacht. Es regnete noch immer stark.

Masud startete den Motor und ging zum Ruder, er checkte kurz die Instrumente und nickte zufrieden. Damit kam er zurecht. Jetzt kamen ihm seine Erfahrungen als Schlepper zugute. Da hatte er den Umgang mit Motorbooten gelernt.

„Und wohin jetzt? In welche Richtung fahren wir?"

Alexia hatte zwar eine ungefähre Vorstellung von ihrem Land, aber auf dem Seeweg mit einem kleinen Motorboot irgendwie nach Lesbos zu kommen, das traute sie sich nicht zu. Dorthin wollten sie erstmal, das erschien ihnen am sichersten, nach Spanien oder sonst wohin in Europa hatte sich nach dem Verlust des Geldes erledigt, ein paar hundert Euro waren ihnen nur geblieben. Also fuhren sie nahe an der Küste entlang der Halbinsel Chalkidiki, bis sie die westlichste der drei Landzungen, Kassandra, erreichten. Dort versteckten sie das Boot in einer kleinen Bucht, dann gingen sie in den nächsten Hafenort, wo sie einen Fischkutter fanden, der sie mit zur Insel Limnos nahm. Von da aus fuhren sie mit der regulären Fähre nach Lesbos und kamen abends, 36 Stunden nach ihrer Flucht aus Thessaloniki in Mytilini an. Der letzte Bus auf die andere Seite der Insel war schon weg, also nahmen sie ein Taxi, um nach Agios Issidoros zu kommen. Sie wollten so schnell wie möglich weg von der Stadt, nicht das sie noch Leuten aus dem Camp über den Weg liefen, die ihn erkannten und das Amiri erzählten. Sie konnten sich nicht sicher sein, ob Garidis sie auch hier suchen ließ, obwohl der wahrscheinlich davon ausging, dass sie sich mit dem ganzen Geld Richtung Mitteleuropa abgesetzt hatten. Er wusste ja nicht, dass sie fast alles auf dem Steg in Thessaloniki verloren hatten.

11 – Streit

Sie waren spätabends in der Pension von Alexias Eltern angekommen, auch ihr Bruder Nikos war da. Erst freuten sich alle riesig, dass Alexia vermeintlich wieder zu ihrer Familie zurückkehrte, doch es stellte sich schnell heraus, dass dem nicht so war, dass die beiden auf der Flucht waren, weil sie Mist gebaut hatten. Einem Unterwelt-Boss Drogen geklaut und verhökert, Rena Tanidis schlug entsetzt die Hände vors Gesicht, als sie die Geschichte hörte. Kiriakos, ihr Vater, schüttelte nur den Kopf und schwieg, doch Nikos rastete regelrecht aus. Beschimpfte Masud, machte ihn für Alexias Sucht verantwortlich, dass sie ihr Studium geschmissen hatte, er griff ihn sogar tätlich an, hätte ihn bestimmt zusammen geschlagen, wenn nicht Alexia dazwischen gegangen wäre. Daraufhin rief sie Yiannis an, der kurz danach bei den Tanidis auftauchte. Er kam zusammen mit Kris Pergmann, er hatte ihn auf dem Weg zur Pension aufgelesen. Zu zweit versuchten sie zu schlichten, die Situation zu beruhigen, doch es war zwecklos. Rena und Kiriakos hätten ihrer Tochter wohl beigestanden, doch mit ihrem Freund Masud wollten sie genauso wenig zu tun haben wie Nikos. Der brüllte herum, Masud solle sich zum Teufel scheren, er hole jetzt die Polizei, dann hätte das hier gleich ein Ende. Alexia schrie ihren Bruder an, sie hasse ihn und niemals ließe sie Masud allein, lieber liefern sie sich Garidis aus, als dass sie zur Polizei gingen. Denn dann würde Masud bestimmt ausgewiesen oder er ver-

schwände für Jahre im Gefängnis. Schließlich packte Yiannis Alexia an der Hand, sie verließen das Haus der Tanidis. Masud und Kris folgten ihnen. Nachdem sie alle in dem Pickup saßen, wandte sich Yiannis an Alexia, die zusammen mit ihrem Liebsten auf der Rückbank Platz genommen hatte: „Ich habe eine Hütte oben in den Bergen. Keiner kennt die. Keiner weiß davon. Dass die mir gehört. Da bringe ich euch jetzt hin. Ihr müsst hier weg. Wir holen noch ein paar Sachen bei mir zuhause. Und was zum Essen, ein paar Vorräte. So seid ihr erst mal aus der Schusslinie."
Dann sah er Masud an, fixierte ihn mit hartem Blick und sagte: „Das mache ich nur für Alexia, hörst du? Du bist mir egal ...".
Er drehte sich nach vorne, startete den Wagen und fuhr mit Vollgas los. Kris Pergmann auf dem Beifahrersitz krallte sich am Türgriff fest. Er kannte Yiannis' Fahrstil, erschrak aber immer wieder aufs Neue.
So landeten Alexia und ihr Freund dort oben in der Hütte. Sie mochten es nicht, aber es blieb ihnen nichts anderes übrig. Im Moment war das der sicherste Platz auf der Insel. Yiannis nahm Alexia noch das Versprechen ab, dass sie die Finger von den Drogen ließ, dass sie einen kalten Entzug wagen sollte, er würde ihr auch dabei helfen. Doch Masud winkte ab und meinte, in der Situation wäre das unmöglich, und auch Kris Pergmann äußerte sich skeptisch zu den Chancen, dass sowas hier gelingen könnte. Alexia willigte zumindest ein, nach und nach ihren Konsum

zu reduzieren und Masud versprach, da nicht dagegen zu arbeiten. Im selben Atemzug verlangte er aber, dass Yiannis und Kris für Nachschub sorgen müssten, wenn sie hier oben schon so gut wie eingesperrt zum Nichtstun verdammt wären. Das Zeug, was von seinem Drogen-Deal noch da war, reichte vielleicht für zwei, drei Wochen, nicht länger. Yiannis wollte ihm daraufhin gleich an den Kragen, doch Kris hielt ihn zurück, es half nichts, Masud hatte ja recht.

12 – Panagiotis

Wie und wo man Drogen bekam, davon hatten zu der Zeit weder Yannis noch Pergmann die geringste Ahnung. Auf dem Rückweg von der Hütte sprach Pergmann das Thema als erster an, er hatte die leise Hoffnung, dass Yannis vielleicht jemanden kannte, der eventuell etwas haben könnte.

„Du kennst nicht zufällig einen, der uns ein paar Drogen verkauft?", versuchte er es vorsichtig.

„Ich handle mit Ouzo, damit kenne ich mich aus. Du kannst mich meinetwegen einen Ouzo-Dealer nennen, aber mit anderen Drogen hatte ich bisher nichts zu tun. Außerdem sind wir hier auf Lesbos und nicht in Athen, Berlin oder New York."

„Und was machen wir jetzt? Wir hätten Masud fragen sollen, der hätte uns sicher einen Tipp geben können, wie wir an das Zeug kommen."

Yannis schaute zu ihm rüber, schüttelte den Kopf.

„Der wäre der Letzte, den ich fragen würde. Meint dann noch, wir wären Kumpel …"

„Hast recht. Blöde Idee."

Schweigend fuhren sie weiter nach unten. Jeder machte sich Gedanken. Sie hatten ein Problem. Und sie brauchten eine Lösung dafür. Schnell. Nach einigen Minuten sagte Yannis:

„Panagiotis. Wir fragen Panagiotis. Du kennst ihn. Der hängt immer im Seven Up herum, dem Club am Hafen. Du weißt schon."

„Du meinst den langen Typen? Den wir *Megálos* nennen? Der im Sommer die deutschen Mädels am Strand abgreift?"

„Genau den ..."

Panagiotis war wirklich ein *Megálos*, ein Großer. Er maß gut über zwei Meter, dabei war er schlank, trug halblanges, dunkelblondes Haar und hatte die Figur eines Modellathleten. Dafür trainierte er konsequent. Im Sommer mit Schwimmen, Windsurfen und Fußballspielen, im Winter besuchte er dreimal wöchentlich die Muckibude in Plomari. Denn sein Körper war sein Kapital. Damit verdiente er im Sommer am Strand sein Geld. Einerseits arbeitete er als Surflehrer, andererseits war es aber so, wie Pergmann gesagt hatte. Er war ein Gigolo. Verdrehte den Frauen am Strand den Kopf, verbrachte ein, zwei nette Wochen mit einer bis zu deren Abreise, dann holte er sich die Nächste. Und ließ sich von ihnen aushalten. Ein Naturtalent in der Hinsicht. Dass das so gut klappte, hatte jedoch auch noch mit einem anderen Talent zu tun. Besser gesagt, mit einer körperlichen Auffälligkeit, für die er in Wirklichkeit seinen Beinamen bekommen hatte. Viele konnten sich mit eigenen Augen davon überzeugen, und denen, die nicht dabei waren, wurde es erzählt. Panagiotis war Teil der örtlichen Fußballmannschaft aus Plomari, er spielte in der Verteidigung und machte seine Sache gut. Er war aber auch ein Heißsporn auf dem Platz, was im Gegensatz zu seinem sonstigen Naturell stand. Da war er ein ruhiger, gutmütiger Typ. Es war vor ein paar Jahren im Spiel gegen Eressos, einem Ort in der Nähe, was das Match immer zu einem Lokalderby machte. Es stand kurz vor Schluss unentschieden, als der Schiedsrichter einen Elfmeter gegen Plomari pfiff. Panagiotis hätte angeblich einen gegnerischen Angreifer zu Fall gebracht, indem er ihn im Strafraum anrempelte. Der Stürmer war klein. Panagiotis war einfach stehengeblieben, sodass der Spieler an ihm abgeprallt war. Als ob er gegen einen Baum gerannt wäre. Selbst schuld, meinte Panagiotis. Auch die Fans von Plomari meinten das. Es gab einen Tumult auf den Rängen und auch auf dem Platz wurde gerangelt und gestritten. Bis es dem Schiedsrichter zu bunt wurde und er die rote Karte zog. Gegen Panagiotis. Er verwies ihn des Feldes. Dem reichte es und er brüllte dem Mann ins Gesicht, jeder konnte es hören. Wenn der rot zöge, dann ziehe er eben blank, damit der Schiri wisse, was er von ihm halte. Und schon entledigte sich Panagiotis seiner Hosen, zog sie runter bis zu den Kniekehlen. Um die ganze Pracht seiner Rück- und Vorderansicht präsentieren zu können, musste er das auch tun. Denn dass Ding, das da baumelnd zwischen seinen Beinen hing, reichte fast ebenso weit! Zumindest erzählte man es so. Doch selbst, wenn auch nur die Hälfte davon stimmte, war es doch ein gewaltiges Geschlechtsteil, das Panagiotis sein eigen nennen durfte. Daher stammte also ursprünglich sein Beiname. Um diese körperliche Besonderheit gab es daher jede Saison einen kleinen Hype in der den Strand bevölkernden Damenwelt. Sowas sprach sich schnell und das Interesse, einen Mann mit solch einer Ausstattung einmal hautnah erleben zu können, war groß. Aufgrund seiner Nebentätigkeit genoss Panagiotis keinen sonderlich guten Ruf bei den orthodox-moralisch geprägten Familien aus Plomari und Umgebung. Es gab nur wenige Leute, die sich ihm gegenüber vorbehaltlos verhielten oder sogar auf freundschaftliche Weise mit ihm verkehrten. Eigentlich war es nur einer. Und der war nicht einmal Grieche. Bela, ein kleiner Albaner, war so etwas wie der Schatten Panagiotis, wenngleich die Sonne schon sehr tief stehen musste, damit er dieser Bezeichnung annähernd gerecht wurde. Albaner gibt es schon lange in Griechenland, seit Jahrhunderten wanderten sie in verschiedenen Wellen in das Nachbarland ein und bilden heute mit fast einer Million die größte Minderheit im Land. Als einfache Arbeiter sind sie aus der griechischen Wirtschaft nicht mehr wegzudenken, trotzdem behandelt man sie fast überall als Menschen zweiter Klasse.

Panagiotis und Bela waren ein seltsames Gespann, wie Pat und Patachon liefen sie durch Plomari, Bela immer hinter seinem großen Freund. Durch Bela kam Panagiotis in Kontakt zu der großen albanischen Gemeinde von Mytilini, wohin er oft fuhr, denn dort, in der offenen städtischen Atmosphäre, war es egal, wie er seinen Lebensunterhalt bestritt, und man behandelte ihn wie jeden anderen. Unter den

Albanern gab es einige, die, mangels Alternativen, als Kleinkriminelle ihr Leben fristen mussten und – meist im Auftrag größerer Gangs – auch als Dealer auf den Straßen der Stadt arbeiteten. Das war bekannt und Yannis vermutete, dass Panagiotis diese Leute kannte, obwohl er selbst nichts mit Drogen zu tun hatte. Yannis war nicht wirklich ein Freund von Panagiotis, doch die beiden kannten sich und kamen gut klar miteinander. Panagiotis schätzte ihn, weil Yannis nicht zu denen gehörte, die ihn mieden, manchmal tranken sie auch einen Kaffee zusammen.

Als Pergmann und er ihn am Abend des nächsten Tages tatsächlich im Seven Up antrafen, war es dann auch kein Problem, dass Yannis unverblümt ihr Anliegen zur Sprache brachte. Panagiotis hatte von Alexias Schwierigkeiten gehört und er steckte den beiden, dass man munkelte, sie und ihr Freund Masud hielten sich irgendwo auf der Insel versteckt. Was sich ja nun bestätigte, denn dass Yannis und Pergmann nicht für sich selbst auf der Suche nach Stoff waren, konnte er getrost ausschließen. Er versprach zu helfen, verlangte aber, dass Yannis mit ihm und Bela nach Mytilini fuhr, um dort das Zeug zu besorgen. Mit Belas Hilfe einmalig den Kontakt herzustellen zu dem Händler, das war sein Angebot. Danach wollte er mit der Sache nichts mehr zu tun haben. Yannis war einverstanden, dankte ihm und bat ihn Stillschweigen zu bewahren über die ganze Angelegenheit. Panagiotis winkte lächelnd ab und meinte, das sei selbstverständlich. Schließlich helfe er ihm, weil er ihn schätze, da sei die Verschwiegenheit Ehrensache und im Preis inbegriffen. Verdutzt schaute ihn Yannis an und fragte: „Welchen Preis? Wie viel ...?"

Jetzt lachte Panagiotis laut und meinte:

„Hey, *Filos*, das war ein Witz! Aber ein paar Flaschen Ouzo aus deiner Firma wären schon nicht schlecht, wenn ich es mir recht überlege!"

13 – Masud haut ab

Inzwischen lebten die beiden schon mehr als zwei Monate in der Hütte in der Berghütte. Februar war bald vorbei und während Alexia mit der Situation ganz gut klar kam, wurde Masud immer öfter von Depressionen heimgesucht, die ihn cholerisch und unberechenbar werden ließen. Im Gegensatz zu Alexia schraubte er seinen Drogenkonsum in die Höhe. Damit stieg zwangsläufig auch der Suchtdruck und das bisschen an Heroin und Speed, das Yiannis hin und wieder hoch brachte, reichte irgendwann nicht mehr. Er drehte durch, zertrümmerte erst das gesamte Mobiliar, dann versuchte er, die Hütte anzuzünden, wovon ihn Alexia gerade noch abhalten konnte. Irgendwann stopfte er wahllos ein paar Sachen in eine Plastiktüte, zog seine alte Jacke über den dicken Pullover, den ihm Kris Pergmann spendiert hatte, und verließ die Hütte. Alexia rannte ihm nach, sprang ihn an und klammerte sich an ihm fest. Sie heulte und schrie ihn an:

„Bleib da, wo willst du denn hin? Bitte!"

Masud schüttelte sie ab, machte sich los von ihr, lief ein paar Meter fort, dann blieb er stehen, drehte sich um, sah sie an mit rotgeränderten, weit aufgerissen Augen. Instinktiv wich Alexia zwei Schritte zurück. Jetzt bekam sie Angst vor ihm.

„Ich bringe ihn um ...", begann er flüsternd.

„Dieses Schwein steche ich ab, der ist schuld an der Scheiße hier. Komm mit mir, *Agapi mou*, hilf mir, wir können nicht hier bleiben."

Er streckte den Arm aus, ging auf Alexia zu, doch die wich weiter zurück, hob abwehrend die Hände.

„Nein, nein, Masud! Du machst mir Angst ..., wen willst du umbringen? Was soll das?"

„Ich suche Garidis! Die Sache klären ... Endgültig! Dann hole ich mir das Geld zurück, das wir wegen ihm verloren haben. Dann fahren wir nach Schweden, – oder Spanien, wohin du willst, versprochen! Das wird super! Komm jetzt, Alexia, wir gehen jetzt."

„Nein Masud! Ich geh nicht mit dir, du spinnst! Bleib hier, wir schaffen das! Yiannis und Kris helfen uns doch ... Bitte, denk nach! Was soll der Blödsinn mit Garidis. Es war doch sein Geld, deswegen ist er hinter uns her. Vergessen?"

„Ach Scheiße, dann bleib doch hier in diesem Loch. Aber wenn ich das Geld habe, hole ich dich raus hier, glaub mir! Der schuldet mir was, alle schulden mir was, hörst du? Der Scheiß hier ist nicht mein Leben, dafür hab ich nicht meine Familie verlassen ... Warte auf mich, du wirst sehen, es wird alles gut! Oder komm einfach mit ..."

Er machte auf dem Absatz kehrt und rannte davon. Alexia schrie noch einmal seinen Namen, doch sie folgte ihm nicht.

14 – Überlegungen

Für Kris Pergmann wurde die Situation bei den Tanidis von Tag zu Tag unangenehmer. Nikos macht Druck und bedrängte ihn immer öfter, ihm endlich Alexias und Masuds Aufenthalt zu verraten. Er war besessen von der Idee, Masud auszuliefern, der Polizei oder doch besser gleich Garidis Leuten selbst, dann wäre seine Schwester aus dem Schneider und der Spuk hätte ein Ende. Er hatte Angst. Angst davor, dass Garidis versuchen könnte, über die Pension, über die Familie an die beiden heranzukommen. Durch Erpressung, Entführung, oder auch durch einen Brandanschlag auf die Pension, wie er meinte. Er entwickelte die irrsten Theorien und Pergmann schaffte es einfach nicht, ihn davon abzubringen. Kris glaubte nicht an diese Gefahr. Auch Yiannis war derselben Meinung. Warum sollte Garidis riskieren, durch so eine Aktion hier auf Lesbos mit der Polizei in Konflikt zu geraten? Das geklaute Kilo Koks war Peanuts für einen wie ihn, ihm ging es ums Prinzip. Masud hatte sein Vertrauen missbraucht und ihn bestohlen, dafür verlangte er Genugtuung, wollte sich rächen. Aber er wusste inzwischen auch, dass er es mit einem Drogenpärchen zu tun hatte und einer wie Masud, ein Flüchtling, der hier mehr oder weniger komplett auf sich allein gestellt war, der macht irgendwann einen Fehler. Dann fiele er seinen Leuten ganz von selbst in die Hände. Er musste nur warten. Musste nichts riskieren.

Yiannis und Kris ging es darum, Alexia zu schützen, sie aus der Schusslinie zu halten und sie von den Drogen weg zu bekommen. Was natürlich schwierig war, solange sie bei Masud war. Doch sie hatten bei ihren letzten Besuchen in den Bergen festgestellt, dass sie es wirklich versuchte, sie schien zunehmend klarer. Yiannis freute das, er sagte, er wisse, wie stark sie sein könne. Er war stolz auf seine Angebetete.

Kris Pergmann erzählte Rena und Kiriakos Tanidis von ihrer Tochter, dass es ihr besser ginge und dass er glaube, sie werde bald aus ihrem Versteck zurückkommen können. Er und Yiannis hätten begonnen, Masud davon zu überzeugen, sich freiwillig zu stellen. Die Polizei wäre sicher an einer Zeugenaussage gegen Garidis interessiert und Masud könnte ihr auch wertvolle Informationen zum Drogenhandel in Moria liefern. Er würde damit zwar nicht seine Ausweisung verhindern können, aber immerhin würde er mit dem Leben davon kommen. Und Alexia hätte nichts zu befürchten. Allenfalls passive Komplizenschaft wäre ihr anzulasten, was, wenn überhaupt, kein hohes Strafmaß nach sich ziehen würde.

15 – Kris und Cordula

Die Tanidis mochten Kris Pergmann, sie kannten ihn schon lange. Vor über zwanzig Jahren war er das erste Mal nach Lesbos gekommen, als junger Freak mit seiner Freundin Cordula, sie zelteten zuerst etwas abseits vom Dorf in direkter Nähe zu einem alten, unbewohnten Haus, ein paar Schritte vom Strand entfernt. Es war nicht erlaubt, doch die Griechen duldeten das, solange es sich nicht zu einem Dauerzustand mit immer mehr Leuten und Zelten auswuchs. Das Wetter war nicht besonders gut damals, es war Anfang Mai und es regnete häufig, ständig fegte ein starker Wind vom Meer her die Küste entlang. Kris und Cordula kamen jeden Tag ins Dorf, setzten sich auf die Terrasse der Pension Tanidis oder bei Regen nach innen – vor der Rezeption waren ein paar kleine Tischchen aufgestellt. Bei Rena Tanidis gab es Kaffee und Kleinigkeiten zum Essen und sie erlaubte den jungen Leuten die Toilette zu benutzen. Rena und Kiriakos Tanidis waren damals um die vierzig, ihre beiden Kinder zwölf und sieben Jahre alt, und sie freuten sich, dass die beiden Deutschen sich mit Nikos und Alexia anfreundeten, mit ihnen spielten und versuchten, mit ihrer Hilfe Griechisch zu lernen. Auch Yiannis war damals oft dabei. Manchmal übernachteten die drei sogar bei dem alten Haus, wo die beiden zelteten. Kiriakos hatte ihnen dafür extra ein großes Zelt besorgt, was natürlich die Sensation war. So kamen sie mehr mit Kris und Cordula in Kontakt als mit anderen Gästen der Pension. Im nächsten Jahr kamen sie wieder und ab dem dritten Jahr wohnten sie in der Pension. Jedes Mal im gleichen Appartement. Manchmal kamen sie auch zwei- oder dreimal im Jahr auf die Insel und selten blieben sie weniger als drei Wochen. Es entwickelte sich eine regelrechte Freundschaft zwischen dem deutschen Paar und der Familie Tanidis. Nur Nikos hielt immer etwas Distanz. Ihm missfiel die dicke Freundschaft, die zwischen Kris und Yiannis im Lauf der Jahre gewachsen war, genauso wie das innige Verhältnis von seiner Schwester Alexia und Cordula. Von Anfang an vereinnahmte Alexia sie wie eine große Schwester, die beiden telefonierten regelmäßig, wenn Cordula und Kris in Deutschland waren, sie holte sich Rat bei Problemen und Cordula war es, die Rena und Kiriakos davon überzeugte, Alexia eine richtig gute Schulausbildung zukommen zu lassen, die ihr dann auch das spätere Studium in Thessaloniki ermöglichte. Damit öffnete sich für das Mädchen ein Stück weit das Tor zu einer anderen, größeren Welt und einem Leben, das für ihren Bruder Nikos niemals in Frage gekommen wäre. Seine Welt war und blieb die Insel, das Dorf, das nahe Städtchen Plomari und die Pension, als deren legitimer Nachfolger er sich ganz selbstverständlich sah. Mit knapp dreißig heirateten Cordula und Kris. Natürlich waren auch die Tanidis eingeladen, doch es war Hochsaison und sie waren unabkömmlich. Aber die Eltern erlaubten zumindest ihrer Tochter, zusammen mit Yiannis

Fitos nach Deutschland zur Hochzeit zu reisen, gegen den heftigen Widerstand von Nikos, der zum einen grundsätzlich gegen soviel Freizügigkeit war, zum anderen aber auch, weil er wusste, wie sehr Yiannis Alexia verehrte, und nicht wollte, dass aus den beiden auf dieser Reise womöglich ein Paar wurde. Doch Alexia hatte das mit Yiannis längst geklärt. Sie bezeichnete ihn als ihren liebsten Freund, schon damals konnte sie ihm nicht mehr geben. Liebe war es nicht, was sie für ihn empfand. Yiannis akzeptierte das schweren Herzens, hoffte jedoch insgeheim, dass sich das vielleicht irgendwann ändern könnte. Er versprach Rena und Kiriakos, aufzupassen auf ihre Tochter, und sie vertrauten ihm ohne jeden Zweifel. Als Hochzeitsgeschenk gab es von allen gemeinsam zwei Wochen Agios Issidoros, inklusive Essensgutscheine in der Taverne von Yiannis' Eltern.

Kris Pergmann und seine Frau Cordula hatten mittlerweile in Friedrichshafen am Bodensee ein gutgehendes Veranstaltungszentrum mit Gastronomie aufgezogen. Dort fand auch die Hochzeit statt. Die Lokalität hieß einfach ‚See-Halle' und war ein angesagter Hotspot im Unterhaltungsangebot der Stadt. Angefangen hatten die beiden vor Jahren mit einer kleinen Kellerbühne in der Innenstadt, dann bekamen sie von der Stadt das Angebot, eine heruntergewirtschaftete Konzerthalle am Ufer des Sees zu sehr günstigen Konditionen übernehmen zu können. Sie wagten es und machten daraus mit einem guten Konzept binnen kürzester Zeit einen erfolgreichen Club. Die Halle

fasste zweitausend Leute, nicht für die ganz großen Acts geeignet, aber interessant für alle mittleren und kleinen Bands aus der alternativen Ecke
und der Indie-Szene. Es waren die 90er Jahre,
kurz vor dem Millennium, die Club-Szene boomte
und Kris und Cordula verdienten richtig viel Geld.
Nicht nur mit den Konzerten, angeschlossen an
die Halle war ein großes Ladenlokal mit einer fast
fünzig Meter langen, teilweise überdachten Früh-
stücksterrasse, die im Sommer bei schönem Wetter
immer voll besetzt war. Im Innenbereich gab es
noch eine Art Lounge mit Bar und Café, wo man
auch kleine Sachen zum Essen bekam. Pasta und
Antipasti, spanische Tapas oder Sandwiches. Das
ganze Ensemble war eine Goldgrube, der Umsatz
brummte. Allerdings war das Unternehmen auch
mit jeder Menge Arbeit verbunden. Nächte ohne
Schlaf, kein freies Wochenende waren die Regel
und der Preis für den Erfolg. Wenigstens gönnten
sie sich die paar Wochen auf Lesbos, dafür hatten
sie extra einen zweiten Geschäftsführer einges-
tellt. Vor fünf Jahren dann der große Schock.
Cordula Pergmann erkrankte an einem Gehirn-
tumor. Inwieweit die stressige Zeit in der See-
Halle den Ausbruch der Krankheit begünstigt
hatte, ließ sich nicht genau belegen, sicher war
jedoch, dass Cordula viel zu lange Symptome wie
starke Kopfschmerzen und Sehstörungen verheimlicht oder vor ihrem Mann auch verharmlost
hatte. Sie starb binnen eines halben Jahres. Kris
Pergmann erlitt einen psychischen Zusammenbruch, war Suizid-gefährdet und verbrachte zwei

Monate in einer psychiatrischen Klinik. Als er wieder entlassen wurde, verkaufte er die See-Halle und auch alles andere an Besitz und Gütern, was sich zu Geld machen ließ und reiste nach Lesbos. Er bezog in der Pension der Tanidis ein festes Appartement, seitdem lebte er auf der Insel und hatte nicht vor, jemals wieder nach Deutschland zurückzukehren.

16 – Entzug

Nachdem Masud die Hütte verlassen hatte, wusste Alexia erstmal nicht, was sie tun sollte. Seit langer Zeit war sie wieder einmal alleine, ohne ihn. Das wurde ihr jetzt schmerzlich bewusst und sie verfluchte ihn innerlich. Wie konnte er sie nur so im Stich lassen … Aber er hatte sich auch so verändert in den letzten Wochen. Viel hatte er nicht mehr von dem lebenslustigen, schönen Mann, den sie im Sommer vor fast zwei Jahren kennengelernt hatte. Die vielen Drogen hatten ihn kaputtgemacht. Und sie auch schon fast. Da fiel ihr mit Schrecken ein, er hatte die Tüte mit dem Heroin und den Pillen mitgenommen! Klar, sie hatte in der Zeit, da sie hier auf dem Berg wohnten, versucht, weniger zu konsumieren, doch sie war noch längst nicht drüber weg. Masud hatte sie immer wieder überredet, doch noch etwas zu nehmen, er wollte nicht alleine drauf sein. Sie hatte zwar darauf bestanden, dass er ihr nur kleine Portionen aufkochte, doch abhängig blieb sie deswegen trotzdem. Die letzten beiden Male, als Yiannis und Kris sie besuchten, hatte sie ihnen was vorgemacht. Dass sie es beinahe geschafft hätte. Das war gelogen. Jetzt spürte sie, wie langsam der Suchtdruck in ihr hoch kroch. Sie wusste, es war nichts mehr da. Oder doch? Hatte ihr Masud was da gelassen? Oder etwas vergessen? Die nächsten Stunden verbrachte sie damit, ein ums andere Mal die Hütte zu durchsuchen. Sie durchwühlte den Abfall, untersuchte jede Ritze in den Holzwänden, riss sogar lockere Fußbodenbretter heraus, immer in der Hoffnung, Masud könnte irgendwo etwas Stoff versteckt haben. Sie wurde schier wahnsinnig, heulte und schrie, sie kochte die benutzten Spritzen aus und trank das Wasser – es sich zu spritzen traute sie sich nicht. Dann hockte sie wieder apathisch auf ihrer Matratze und versuchte, die Schmerzen zu ignorieren, die ihren Körper wie Schockwellen durchfuhren und ihn zum Zucken brachten. Gegen Abend wurde ihr klar, dass es nichts gab, womit sie den drohenden Entzug lindern konnte. Sie hatte auch nicht die Kraft, aufzustehen und den Berg hinunter zu laufen. Jetzt, bei einbrechender Dunkelheit schon gar nicht. Das war keine Option. Sie wusste, sie würde es durchstehen müssen. Alleine, ohne Hilfe. Sollte sie kollabieren, könnte es ihren Tod bedeuten. Sie musste stark sein. An sich glauben. Sie wollte nicht sterben. Nicht hier in der Kälte jämmerlich verrecken. Der Schüttelfrost ließ ihre Zähne laut klappern, sie konnte nichts dagegen tun, ihre Hände zitterten als hätte sie Parkinson. Der Ofen! Mach den Ofen wieder an, dachte sie. Die Nacht wird kalt. Und trinken, viel trinken! Mit Mühe schaffte sie es, den Ofen wieder in Gang zu bringen, sie fand die Dose mit dem Tee. Yiannis hatte die mitgebracht. Seine Mutter hatte die Kräuter gesammelt. Yiannis! Ihn wollte sie wiedersehen. Auch Kris, was hat der sich für sie eingesetzt. Hätte sie nicht gedacht. Wollte doch nur noch seine Ruhe haben hier. Seit Cordula tot war. Und ihre Eltern!

Nein, sie würde es schaffen ... Sie gibt nicht auf! Und mit Masud war es aus. Endgültig. Mit ihm will sie nichts mehr zu tun haben. Verrückt ist der geworden! Will sich rächen, für was denn? Ist doch selbst schuld an dem ganzen Mist! Sie bereitete einen ganzen Kochtopf voll mit Tee zu, dann wickelte sie sich in Decken und wartete, was passieren würde. Sie wollte kämpfen, sie wollte leben. Sie erinnerte sich an ihre Wettkämpfe mit der Schwimm-Mannschaft der Uni, wie oft war sie da über ihre Grenzen gegangen, hatte alles gegeben, auch wenn ihre Lungen schon zu bersten drohten und sie nicht mehr wusste, ob ihre Arme und Beine noch das taten, was sie sollten – sie hatte sie nicht mehr bewusst unter Kontrolle –, und doch funktionierten sie. Weil sie kämpfte, weil sie den Sieg wollte. Daran dachte sie immer wieder in dieser Nacht und in den nächsten zwei folgenden. Sie trank Unmengen Tee, erbrach oft, bekam Durchfall, hin und wieder dämmerte sie weg, doch ihr malträtierter Körper gönnte ihr nur kurze Phasen der Erholung, dann schüttelte er sie mit Krämpfen wieder wach. Doch sie gab nie auf und am Morgen des dritten Tages spürte sie, dass sie es geschafft hatte. Ihr tat alles weh, jeder Muskel schmerzte, sie war unglaublich müde, doch sie wurde ruhig. Sie zwang sich zu waschen, notdürftig säuberte sie sich, so gut es ging. Sie fand ein paar Stücke alten Brotes, das aß sie mit Honig, um den sie Kris einmal gebeten hatte. Er hatte ihr gleich ein riesiges Glas davon gebracht. Sie musste so lachen, als er damit ankam. Jetzt war es das

Köstlichste, was sie sich je vorstellen konnte. Dann heizte sie den Ofen nochmal hoch, legte sich ins Bett und schlief ein. Sie schlief den restlichen Tag und die ganze Nacht durch, fast 15 Stunden lang. Als sie erwachte, fühlte sie sich immer noch sehr schwach, es brauchte geraume Zeit, bis ihr Körper gehorchte und ihre Gedanken sich klärten. Dann stand sie auf, stärkte sich nochmal mit Tee und Honigbroten, machte sogar noch etwas Ordnung in der Hütte. Sie entsorgte die Eimer mit ihrem Erbrochenen und den Exkrementen. Dann zog sie die saubersten Sachen an, die sie fand, und machte sich auf den Weg nach unten.

17 – Komm, gucken Fisch

Nikos bedrängte Kris Pergmann immer massiver, ihm das Versteck seiner Schwester und von Masud zu verraten, doch der hielt dicht. Schließlich, eines Abends eskalierte der Streit. Nikos hatte getrunken und machte Pergmann wieder die üblichen Vorhaltungen, dass er die Familie zerstöre, dass er selbst scharf auf Alexia sei, und außerdem habe er es schon immer gehasst, wie er sich in ihr Leben gedrängt hätte und es nur auf die billige Wohnmöglichkeit bei seinen Eltern abgesehen hätte. Kris Pergmann rechtfertigte sich nicht, ließ ihn reden, doch das machte Nikos nur noch wütender, bis er den Deutschen am Kragen packte, raus auf die Terrasse zerrte und begann, auf ihn einzuschlagen. Jetzt setzte sich Pergmann zur Wehr, schlug zurück, doch es war ihm schnell klar, gegen Nikos hatte er keine Chance. So versuchte er nur, so gut es ging, sich vor den Schlägen zu schützen, doch Nikos hätte ihn an diesem Abend wahrscheinlich tot geschlagen, wäre nicht Kiriakos, der gerade auf seinem Moped aus Plomari zurückkam, dazwischen gegangen. Es gelang ihm, seinen Sohn von Pergmann wegzuziehen, dann musste er ihn noch ein paar Minuten festhalten, bis er sich endlich beruhigt hatte. Rena hatte die ganze Zeit jammernd daneben gestanden, nun half sie Kris auf die Beine und tupfte ihm mit einer Serviette das Blut aus dem Gesicht.

„Ich bin nicht länger euer Sohn, wenn der Schmarotzer noch weiter hier wohnt!", stieß Nikos keuchend hervor.

„Dann könnt ihr sehen, wie ihr zurecht kommt … Soll er doch zu seinem feinen Kumpel Yiannis ziehen, diesem Aas!"

„Nikos! Still …! Wie kannst du das sagen! Wie redest du mit deinen Eltern? Bist du verrückt?"

Renas Stimme überschlug sich fast, während sie ihren Sohn maßregelte. Doch der ließ sich nicht beirren, sah seine Mutter kühl an und sagte leise: „Entweder er oder ich. Ihr habt die Wahl …"

Jetzt ergriff Kris Pergmann das Wort, ihm war dieser Erpressungsversuch von Nikos zuwider, doch es gab nur eine Möglichkeit, Rena und Kiriakos Tanidis das Dilemma einer so oder so ungewollten Entscheidung zu ersparen.

„Es reicht, Nikos. Ich gehe. Du solltest dich was schämen, deine Eltern da mit reinzuziehen."

Nikos wollte schon wieder auf ihn losgehen, Kiriakos hielt ihn gerade noch zurück. Voller Wut brüllte er Kris an: „Halt dich da raus! Das hier ist Familie, damit hast du nichts zu tun! Hau ab!"

„Lass gut sein – ich geh ja schon …", und an die Eltern gewandt meinte er: „Es ist besser so. Auch wenn's mir leid tut … Ich verspreche euch, ich kümmer' mich weiter um eure Tochter."

„Einen Scheiß machst du! Lass uns endlich in Ruhe! Hau ab!"

Jetzt packte ihn sein Vater an der Jacke und zischte ihn an: „Es reicht Nikos! Du hast Kris vertrieben. Und damit hast du jetzt auch Alexia endgültig gegen dich – und Yiannis … Ihr wart einmal Freunde. Ich kann dich nicht verstehen. Aber ich brauche dich hier, also muss ich es wohl aushalten. Aber jetzt verlange ich Ruhe von dir, kein Streit mehr! Hast du mich verstanden?"

Nikos antwortete nicht, starrte ihn schwer atmend an.

„Hast du mich verstanden?", bohrte Kiriakos nach.

„Ja doch! Du wirst nichts mehr hören von mir! Die zwei sind Luft für mich und meine Schwester wird schon wissen, wo sie hin gehört!"

Mit einem Ruck machte er sich von seinem Vater los, lief zu seinem Wagen und raste davon.

Ein paar Tage nach seinem Rausschmiss wohnte Pergmann tatsächlich bei Yiannis, der über der Taverne seiner Eltern eine kleine Wohnung hatte. Doch das war natürlich keine Dauerlösung und eines Morgens kam Yiannis auf ihn zu und fragte: „Du hast doch Geld, ja? Ich weiß da was. Komm mit."

Zusammen fuhren sie nach Kalini, dem kleinen Ort in der östlich von Agios Issidoros gelegenen Bucht, wo Angelos Tsarpos, der Bruder von Melina, seine Fisch-Taverne hatte. Trotz der Flüchtlingskrise ging es ihm noch relativ gut, im Sommer kamen noch immer ein paar Touristen zu ihm und er hatte auch viele griechische Stammkunden, die seine Küche schätzten. Er war eine kleine Berühmtheit, sein Lokal war in vielen Reiseführern beschrieben, er spielte Gitarre, sang für seine Gäste und in den meisten Berichten wurde er mit einem Ausspruch zitiert, den er in vielen Sprachen für neu ankommende Gäste parat hielt: „Komm, gucken Fisch!", mit dem er die Leute in die Küche lotste, um ihnen seine Fischauswahl vorzuführen.

„Gehen wir essen? Oder was wollen wir bei Angelos?", fragte Kris Pergmann seinen Freund. „Ich denke, im Winter hat der auch zu ...?"

„Er hat zu. Meistens jedenfalls. Aber wir sind nicht wegen seiner Fische hier. Du suchst doch was zum Wohnen, oder?"

Yiannis lachte und zwinkerte ihm zu. Er parkte seinen Pickup direkt vor dem Eingang der Taverne, sie stiegen aus und gingen rasch ins Haus, es regnete wieder mal heftig und dazu pfiff der eisige Wind vom Meer her. Außer Angelos war auch noch seine Schwester Melina da, sie begrüßten einander herzlich und luden die beiden ein, Platz zu nehmen. Angelos brachte einen Krug mit Retsina, er war wie immer gut aufgelegt, lachte und machte Witze über das tolle Wetter draußen. Auch Melina zeigte sich entspannt und gelöst, lachte viel und war ganz anders, als Kris Pergmann sie vor ein paar Tagen noch in Moria erlebt hatte. Da erschien sie ihm hart und autoritär, zeigte Anzeichen von Verbitterung, doch hier wirkte sie fröhlich und unbeschwert. Er war überrascht über diesen Wandel. Es gefiel ihm. Es stellte sich heraus, dass sie und ihr Bruder ein kleines Häuschen ein Stück entfernt am Rand eines Olivenhains besaßen, das sie nicht brauchten, was sie aber trotzdem über die Jahre immer gepflegt und in Schuss gehalten hatten. Manchmal hatten sie es im Sommer befreundeten Touristen aus Frankreich vermietet, doch die kamen nicht mehr, hatten sich nicht einmal mehr bei den Tsarpos gemeldet, seit die vielen Flüchtlinge auf Lesbos gestrandet waren. Angelos lachte zwar, als er das erzählte, man merkte aber schon, dass er von den Leuten enttäuscht war. Er nannte sie nicht beim Namen, redete nur von den BlaBla-Parisern, worüber sich Melina schlapp lachte. Nachdem sie alle ein paar kleine Gläser Wein getrunken hatten, stand Angelos auf und verkündete: „Los jetzt! Schauen wir uns das Haus an."

„Jetzt? Bei dem Wetter?", fragte Pergmann ungläubig.

„Das Wetter ist perfekt dafür. Bei Sonnenschein und dreißig Grad ist es einfach, ein Haus zu verkaufen. Jetzt muss es dir gefallen. Bei Wind und Kälte!"

Er lachte und schlug sich auf die Schenkel.

„Ihr wollt mir das Haus gleich verkaufen?"

Pergmann war baff, das hatte er nicht erwartet.

„Ja doch! Schau, Melina hat ihre Wohnung in Plomari und hier bei mir hat sie auch ein Bett und einen Haufen ihrer Klamotten. Und ich habe alles hier in meinem Haus, genügend Platz, jede Menge Olivenbäume um mich herum. Selbst eine Ehefrau hätte noch Platz hier!"

Er lachte laut auf, auch Melina schüttelte lachend den Kopf bei dieser Bemerkung.

„Mein Bruder hat recht. Wir brauchen das Haus nicht und wenn hier draußen noch jemand dauernd lebt, gerade jetzt im Winter, ist das nur von Vorteil. Sie wollen doch auf der Insel bleiben? Da habe ich Sie schon richtig verstanden, oder?"

„Aber ja, sicher!", antwortete Pergmann schnell, dem klar wurde, dass sich für ihn gerade eine tolle Gelegenheit auftat.

Das Haus war perfekt für ihn. Zwei Zimmer, eine urige Küche mit Sitzecke und einer offenen Feuerstelle mit Rauchabzug zum Grillen, ein kleines Bad und in einem Anbau war die Toilette untergebracht. Es gab Strom und Wasser, ein Kühlschrank war da, der Gasherd funktionierte und die zwei Holzöfen in den Zimmern waren neueren Datums. Hinter dem Haus lagerte sauber aufgestapelt eine ordentliche Menge Brennholz, ausgeschnitten und gesammelt in den Olivenhainen der Tsarpos, die beinahe die gesamte Bucht nach dem Strand vereinnahmten und noch ein ganzes Stück das hügelige Hinterland hinauf reichten. Beim Anblick der vielen Bäume war Pergmann klar, das Melina und Angelos Tsarpos allein durch diesen Besitz ein gesichertes Auskommen hatten und sicher nicht zu den Ärmsten der Insel zählten. Angelos pries das Häuschen in den höchsten Tönen an, obwohl er gleich sah, dass Pergmann sich längst entschieden hatte. Aber es machte ihm Spaß, den Makler zu spielen, und es freute ihn, wenn ihn alle witzig fanden. Der Preis war in Ordnung, der Kauf wurde per Handschlag besiegelt und mit einer Runde Ouzo begossen, als die Gesellschaft wieder zu Angelos Taverne zurückgekehrt war.

18 – Pergmann und Melina

Kris Pergmann verlor keine Zeit und begann in den nächsten Tagen das Haus zu beziehen. Sein persönlicher Krempel war überschaubar, bei den Tanidis hatte er aus zwei von Deutschland mitgebrachten Koffern gelebt, alles, was er sonst noch brauchte, hatte er auf Lesbos gekauft. Nun galt es aber ein Haus, wenngleich auch nur ein kleines, einzurichten und dafür brauchte es doch so einiges. Vieles war zwar vorhanden, doch das alte Mobiliar, manche Einrichtungsgegenstände sowie diverse Wohn-Accessoires waren nicht unbedingt nach Pergmanns Geschmack und er wollte Passenderes für sich finden. Da er sich – obwohl er inzwischen schon über vier Jahre auf der Insel lebte – nicht sehr gut auskannte, was die Einkaufsmöglichkeiten für solche Dinge betraf, wandte er sich an Melina Tsarpos mit der Bitte, ihm Tipps zu geben.

„Sie wollen das Haus neu einrichten? So richtig, mit neuen Möbeln und Vorhängen und Bildern an den Wänden? Echt jetzt?"

Er hatte sie in ihrer kleinen Sozialstation in Plomari aufgesucht, wo sie gerade zusammen mit einer Afrikanerin – ihrem Aussehen nach vermutete Pergmann das jedenfalls – offensichtlich mit Büroarbeit beschäftigt war. Der Schreibtisch war übersät mit Blättern und Zetteln und Heften.

„Ja, das will ich. Aber ich sehe schon, das passt jetzt wohl gerade nicht ...", registrierte er etwas enttäuscht.

„Ach nein! Das sieht schlimmer aus, als es ist. Das sind alles die Belege für die Einkäufe, die wir für die Leute aus dem Altersheim hier erledigen und für unsere Frauen aus dem Camp. Irgendwie müssen wir das ja sortieren, das Geld kriegen wir dann von der Verwaltung wieder oder auch von den Leuten selbst, falls sie Geld haben … Ayala hilft mir dabei immer, sie ist sowas wie meine rechte Hand – Ayala, das ist Kris Pergmann, hab ich dir erzählt, der Deutsche, der sich um die junge Tanidis kümmert."

„Ja, ich weiß! Guten Tag! Schön, Sie mal kennen zu lernen. Melina hat mir einiges erzählt. Nicht einfach, das Ganze, ja?"

Zu Pergmanns Verblüffung sprach sie ihn mit perfektem Griechisch an, fast ohne einen Akzent. Sie bemerkte sein Erstaunen und lachte.

„Wundern Sie sich nicht! Ich lebe schon seit bald zehn Jahren auf Lesbos. Ich kam damals als ganz normale" – sie machte die Gänsefüßchen mit den Fingern nach – „Asylsuchende hier her. Da gab es noch keine Flüchtlingswelle wie jetzt."

„Ja, und als ich die Station hier aufgemacht habe, stand Ayala eines Tages vor der Tür. Seitdem arbeiten wir zusammen und ich wüsste nicht, was ich ohne sie machen würde!", sagte Melina Tsarpos. Ayala lachte wieder und schüttelte dabei den Kopf.

„Sie übertreibt! Glauben Sie ihr kein Wort, sie ist es, die den Laden hier am Laufen hält!"

„Das stimmt nicht und du weißt das, Ayala.", antwortete Melina, trat hinter sie und begann ihr die Schultern zu massieren.

„Auf jeden Fall ist sie jetzt der Grund, warum ich mit Ihnen heute nach Mytilini zum Einkaufen fahren kann! Ausgezeichnet! Komme ich mal raus hier."

Sie sah auf ihre Armbanduhr.

„Zehn Uhr durch. Das passt. Eine Stunde Fahrt, dann haben wir den ganzen Mittag und Nachmittag für Ihre Sachen … Was schauen Sie so? Doch nicht gut?"

„Doch, doch! Ich dachte nur, ich frag erstmal, ob Sie mal bei Gelegenheit …", weiter kam er nicht, Melina Tsarpos schnitt ihm das Wort ab:

„Paperlapapp! Jetzt ist die Gelegenheit! Auf was warten Sie? Oder haben Sie wichtige Termine?"

Dabei verzog sie das Gesicht zu einer schnippischen Miene. Ayala lachte laut auf und meinte:

„Lassen Sie sich das Angebot nicht entgehen, Mann! Sonst überlegt sie sich das nochmal. Aber jetzt raus mit euch, ich muss hier arbeiten, sieht das keiner?"

Kurz darauf saßen sie in Melina Tsarpos Polo und kurvten damit sehr sportlich Richtung Insel-Hauptstadt. Pergmann, der ja schon so einiges gewohnt war von Yiannis' Fahrkünsten, klammerte sich bereits wieder an den Haltegriff der Beifahrertür. Melinas Fahrstil übertraf den von Yiannis noch bei weitem, besonders, was die Geschwindigkeit anbetraf. Melina sah zu ihm rüber und fing zu lachen an.

„Hey, entspannen Sie sich! Ich bin eine gute Autofahrerin, in meiner Zeit in Kalkutta bin ich mit ein paar englischen Kollegen sogar mal Rallye gefahren! Lenkrad rechts und Linksverkehr! Also keine Panik ... Übrigens, könnten wir das mit dem ‚Sie‘ lassen? Im Motorsport ist das im Cockpit so üblich!"

Wieder lachte sie, Pergmann nickte zustimmend und bemerkte erleichtert, dass sie ihr Tempo etwas reduzierte.

„Danke! Wie machen wir das eigentlich mit den Sachen, die ich brauche? Viel kriegen wir ja in dein Auto nicht rein ..."

„Wenn du einen Schrank oder Tisch und Stühle willst, das kannst du liefern lassen. Kein Problem. Und Kleinzeug, Lampen, Rollos oder so, hier geht jede Menge rein, wirst staunen!"

„Woher kommt Ayala eigentlich?"

„Sie ist Nigerianerin."

„Und wie kam sie hierher?"

„Na ja, wie die meisten. Das hat sich nicht geändert. Mit einem Boot rüber von der Türkei. Allerdings war das Boot die Touristenfähre. Sie hatte ein Visum der Botschaft, hat Asyl bekommen, nachdem ein Menschenrechts-Anwalt einer NGO ihr geholfen hat."

„Und was ist passiert?"

Nun schaute Melina ihn kurz von der Seite an.

„Du willst ihre Geschichte?"

Er nickte.

„Okay, aber quatsch sie nicht darauf an, wenn du sie das nächste Mal siehst. Sie redet nicht mehr darüber. Versprichst du das?"

„Versprochen, natürlich! Du musst auch nicht ..."

„Nein, ist gut. Ich habe mitbekommen, dass du dich die letzten Jahre nicht viel um das Leben um dich herum gekümmert hast –", Pergmann wollte protestieren, doch sie gebot ihm Einhalt.

„Ey, das ist in Ordnung! Du wirst schon Gründe dafür haben. Aber ich glaube, seit der Sache mit Alexia und Masud hat sich das geändert. Ich spürte das, als ich mit dir durch das Camp gegangen bin und wir diesen Amiri trafen. Darum erzähle ich dir jetzt. Nur in groben Zügen, das reicht. Einverstanden?"

Er nickte wieder und hörte ihr dann aufmerksam zu.

„Ayala war ungefähr vierzig, genau weiß sie ihr Alter nicht, als sie hier ankam. Sie hatte eine Tochter, Baiyu, dabei. Die war damals neunzehn. Sie waren fast zwei Jahre unterwegs. Vorher lebten sie im Norden Nigerias in einer kleinen Stadt. Sogar mit Schule und einem Supermarkt. Es gab einen Friseurladen, ein paar Werkstätten und eine Bushaltestelle. Ja, und eine Kirche, es waren Christen. Ayala hatte eine große Familie, war verheiratet, ihre Eltern, seine Eltern, zum Teil auch noch die Großeltern und einige nähere Verwandten lebten dort mit ihr. Sie hatten zwei Häuser gebaut. Neben Baiyu hatte sie noch zwei Kinder, eine Tochter und einen Sohn. Die waren jünger. Irgendwann überfiel dann eine Gruppe der Boko

Haram den Ort, tötete viele der Bewohner und entführte einige der Mädchen, darunter auch die jüngere Schwester von Baiyu. In den nächsten Monaten kamen die Boko Haram-Leute noch ein paar Mal, sie zerstörten die Stadt und mordeten. Ayala und Baiyu wurden mehrmals vergewaltigt, ihren kleinen Sohn köpften sie vor ihren Augen. Der Vater konnte das schon nicht mehr sehen, ihm hatten sie die Augen ausgestochen, bevor sie ihn einige Wochen später mit ihren Jeeps so lange überrollten, bis nichts mehr von ihm übrig war als ein blutiger Fleischhaufen. Die Oberen der Stadt hatten eine Zeitlang versucht, Hilfe vom Militär und vom Staat zu bekommen, doch es kam niemand und so flohen die meisten. Zumindest die, die noch lebten. Es waren nicht viele. Ayala machte sich mit ihrer Tochter auf den Weg. Sie waren die einzigen Überlebenden der Familie. Von ihrer entführten zweiten Tochter hat sie nie wieder etwas gehört. Baiyu lebt inzwischen in Athen, sie hat einen Griechen geheiratet, einen tollen Mann, ich habe ihn einmal kennengelernt, als Baiyu ihre Mutter besuchte. Kinder kann sie keine bekommen wegen der Vergewaltigungen. Außerdem ist sie wie Ayala beschnitten, wer weiß, vielleicht ist auch das der Grund. Christen sind sie keine mehr. Sie glauben überhaupt nicht mehr an irgendeinen Gott. Ach, dieser ganze afrikanische Scheiß eben! Ich könnte kotzen, wenn ich nur daran denke!"

Sie starrte vor sich hin, fuhr jetzt sehr langsam und hatte Tränen in den Augen. Pergmann legte seine Hand auf ihren Arm und bat sie, rechts ran zu fahren und zu halten. Melinas Erzählung hatte ihn schockiert, damit hatte er nicht gerechnet. Er fühlte sich wie im falschen Film, ständig hatte er Ayalas fröhliches Lachen vor Augen, vorher, in der Sozialstation. Er brachte das gar nicht zusammen. Melina hielt an, wandte sich ihm zu und Pergmann nahm sie in seine Arme. Melina beruhigte sich schnell wieder, schüttelte die Geschichte ab wie ein lästiges Insekt und kehrte zu ihrer fröhlich schnoddrigen Art zurück.

„Jetzt aber los, ich will shoppen gehen! Aber nicht in der Stimmung, sonst kaufen wir nur dunkles, trauriges Zeugs ein. Das willst du doch nicht, oder?"

Sie lachte laut auf und drückte wieder voller Freude aufs Gas. So kamen sie schon bald in Mytilini an, wo Melina zielstrebig die Läden ansteuerte, in denen Pergmann die Sachen für sein neues Haus finden konnte. Natürlich beriet sie ihn dabei ausgiebig. Ganz nebenbei erzählten sie sich ihre Geschichten, zumindest Teile davon. Pergmann erfuhr von Melinas weltweiter Odyssee, ihrer Arbeit in den NGO's, aber auch von ihrem Zusammenbruch nach den Jahren der Aufopferung – das tat sie jedoch lachend als Lappalie ab, als dunkles Relikt aus vergangener Zeit – und Pergmann erzählte ihr, wie und warum er auf die Insel gekommen war, von den frühen Jahren mit den Tanidis-Kindern und Yiannis, von seiner erfolgreichen Zeit mit Cordula und auch von ihrem frühen Tod, der schließlich der letzte Grund für seine

Entscheidung, nach Lesbos zu ziehen, gewesen war. Auch seinen Klinik-Aufenthalt nach ihrem Tod verheimlichte er nicht. Melina hörte ihm aufmerksam zu, nickte manchmal lächelnd und sah ihn dabei einige Male lange nachdenklich an. Alles in allem wurde es aber ein recht vergnüglicher Nachmittag, sie redeten ständig, lachten viel, tranken hin und wieder einen Kaffee und beinahe unbeabsichtigt, als netter Nebeneffekt sozusagen, füllte sich Melina Tsarpos Polo. Sie erstanden Lampen, Vorhänge, Gläser, Geschirr, zwei Wandregale, einen Spiegel, ein paar Bilder für die Wände und auch eine neue Matratze – sie war zum Glück zu einer Rolle gepresst – fand ganz am Schluss noch Platz in dem Wagen. Eine Waschmaschine, eine Kommode fürs Bad und einen kleinen Schreibtisch mit Bürostuhl hatten sie in einem Möbel-Discounter ausgesucht, diese Dinge sollten die nächsten Tage mit einem Transporter nach Kalini geliefert werden. Gegen sechs Uhr waren sie wieder zurück, aßen eine Kleinigkeit bei Angelos zu Abend, dann beschloss Melina kurzerhand, Kris Pergmann noch etwas beim Aufbauen und Einrichten zu helfen. Nach zwei Stunden waren sie damit fertig, als letztes hatten sie die Matratze ausgepackt, was nochmal zu einem großen Lachanfall Melinas führte, da die Folie beim Öffnen einen lauten Knall von sich gab, die Matratze sich explosionsartig ausbreitete und dabei die kleine Griechin unter sich begrub. Sie hatten schon bei ihrem Bruder zum Essen ein paar kleine Gläser Wein getrunken und jetzt, während des

Aufbaus im Haus, hatte Pergmann noch eine Flasche Retsina geöffnet, von der auch nicht mehr viel übrig war. Sie waren also ziemlich angeheitert. Als Pergmann Melina unter der Matratze hervor geholfen hatte und die beiden dann unter Gelächter das Teil endlich richtig auf dem Bettgestell platziert hatten, ließen sie sich prustend zusammen drauf fallen. Sie wandten die Gesichter einander zu, sahen sich in die Augen, dann dauerte es keine zwei Sekunden und sie lagen sich in den Armen. Sie küssten sich wild und leidenschaftlich, wollten auch mehr, doch sie schliefen nicht miteinander, obwohl sie nur noch halb bekleidet eng aneinander gepresst auf dem Bett lagen. Weder sie noch er hatten mit dieser Situation gerechnet und die banale Erkenntnis war, sie hatten schlicht und einfach keine Kondome. Wie auch, Pergmann hatte seit dem Tod Cordulas nicht einmal an eine neue Frau in seinem Leben gedacht und bei Melina herrschte in der Beziehung auch seit Jahren Flaute. Verhütung war bei beiden also nicht gerade ein Thema, das auf ihrer Agenda weit oben stand.

„Na, vielleicht ist das ganz gut so. Mal sehen, wie sich das mit uns morgen anfühlt. Falls ich morgen früh immer noch Lust auf dich habe, ruf ich dich an", meinte Melina schmunzelnd, während sie sich langsam wieder anzogen.

„Das hoffe ich! Ich bin verwirrt jetzt, aber find es auch spannend – sowas habe ich schon ewig nicht mehr gespürt. Voll vergessen ..."

Sie saßen nebeneinander auf der Bettkante. Melina sah Pergmann an und sagte:

„Warten wir's ab ..., obwohl?"

Und schon küssten sie sich wieder, ließen sich rücklings fallen, knutschten weiter, bis sie endlich ruhig liegenblieben, sie hatte ihren Kopf in seine Armbeuge gebettet. Eine Zeitlang schwiegen sie, hörten nur auf die Atemzüge des anderen, manchmal lächelten sie sich an. Schließlich begann Melina: „Du hast mir heute alles Mögliche von dir erzählt. Von deinem Leben in Deutschland, von deiner Frau, wie ihr nach Lesbos gekommen seid. Wieso du jetzt hier bist und so ..., aber was ist mit deinen Eltern? Deiner Familie? Davon hast du nichts erzählt."

Pergmann atmete tief ein, dann sagte er:

„Ich weiß nicht, ob ich davon erzählen will. Es ist eine verrückte Geschichte und sie geht nicht wirklich gut aus. Am Ende glaubst du sie mir vielleicht gar nicht ... Nein. Ich weiß wirklich nicht."

„Jetzt machst du mich neugierig. Selber schuld! Du glaubst doch nicht, dass ich darauf verzichte, jetzt, nachdem du sie so angekündigt hast."

Sie wollte sich aufrichten, doch er hielt sie zurück.

„Bleib liegen. Bitte! Ich erzähle sie dir. Aber unterbrich mich nicht dabei. Sonst geht es nicht. Ich habe die Geschichte das letzte Mal vor vielen Jahren erzählt. Seitdem nie wieder, hab schon nicht mehr daran gedacht. Vielleicht ..., na gut. Ich glaube, dir kann ich sie erzählen. Gibst eh keine Ruhe!"

Er machte eine lange Pause, dann begann er. Melina lag ganz still und wagte kaum zu atmen. Als ahnte sie etwas von der Tragik der Geschichte, die ihr Pergmann nun erzählte.

„Meine Mutter hat eigentlich nur fünf Tage richtig gelebt. Sie hat nach einem Konzert der Stones in Duisburg Mick Jagger kennengelernt. Das war Anfang der 70er. Da war sie dreiundzwanzig Jahre alt. Mich bekam sie zwei Jahre später. Wer mein Vater ist, weiß ich nicht. Jagger jedenfalls nicht. Meine Mutter war eine echte Hippie-Braut und immer hinter irgendwelchen Bands her gewesen. Als Groupie. Bildhübsch war sie. Sieht man ja heute noch an mir ...“

Er lächelte schwach, dann fuhr er fort:

„Auf jeden Fall war es das Größte für sie, als Mick sie wollte nach dem Konzert. Standen ja zig Mädels backstage. Sie hat er genommen. Dann sind sie fünf Tage zusammen rum gezogen. Konzerte, teure Hotels, Drogen, Sex, das ganze Programm eben. Am zweiten Tag sind sie nach London geflogen. London. Das war die Traumstadt der Hippies damals. Und meine Mutter war mit Mick Jagger da. Am letzten Tag am Morgen hat er ihr gesagt, er muss mit der Band ins Studio. Sie standen vor dem Hotel, zwei Taxen fuhren vor, sie sah die anderen drin sitzen. Winkte ihnen zu. Keith winkte zurück, hat sie erzählt. Mick sprang rein und weg waren sie. Meine Mutter blieb zurück, wollte wieder in ihre Suite gehen, sie dachte ja, er kommt wieder, holt sie ab oder so. Doch man ließ sie nicht mehr ins Hotel, der Portier gab ihr ihre Reisetasche und einen Umschlag, da waren fünfhundert Mark drin. Das war's. Sie hat versucht das Studio zu finden, aber keine Chance. Sie hat oft versucht, Jagger nochmal zu treffen, war auf Konzerten, aber sie kam nicht mehr an ihn ran. Sie hat ihn nie wieder gesehen. 1987, zwei Tage nach ihrem vierzigsten Geburtstag, ist sie aus dem Fenster gesprungen. Vom vierten Stockwerk. Da hat sie in München in einer WG gelebt. Ich war zwölf Jahre alt und habe bei meiner Oma gelebt. Also ihrer Mutter. In Lindau. Bei ihr bin ich eigentlich aufgewachsen, wenn man so will. Meine Mutter kam mich manchmal besuchen. Das war alles. Aber ich war nicht böse auf sie. Ich fand sie toll. Wie ein Paradiesvogel ist sie immer aufgetaucht. Wahnsinn! Sie hat mir dann von ihrem Leben erzählt. Ein wildes Leben. Und immer auch von Mick. Die Beerdigung war richtig Scheiße. Da war ich sauer auf sie. Heute natürlich nicht mehr. Heute weiß ich es besser. Immerhin hatte sie ihre fünf Tage. Die haben sie solange am Leben gehalten. Dann wollte sie einfach nicht mehr. Alt werden wollte sie nicht. Nicht ohne ihn."

Lange Minuten sagte keiner etwas. Nur Melinas unterdrücktes Schniefen war zu hören. Ihr liefen ein paar Tränen die Wange herunter. Dann, nach einer gefühlten Ewigkeit, sagte sie:

„Oh mein Gott, was für eine Geschichte! Du hast zwei der wichtigsten Menschen in deinem Leben viel zu früh verloren. Und deinen Vater kennst du gar nicht … Das ist furchtbar, Pergmann!"

Er drehte sich zu ihr, lächelte sie an und meinte:
„Find ich lustig, wenn du mich so nennst ..."
Mit keinem Wort ging er auf ihr Gesagtes ein.

19 – Alexia und Nikos

An einem der nächsten Tage tauchte zur Überraschung aller Alexia Tanidis in Agios Issidoros auf. Auf einmal stand sie in der Rezeption der Pension, wo ihre Mutter Rena sich gerade am Telefon mit ihrem Elektriker stritt, der Fernseher wollte wieder mal nicht, wahrscheinlich hatte es bei einem der letzten Stürme, wie schon so oft, die SAT-Schüssel auf dem Dach verdreht. Er hatte keine Zeit oder, wie Rena ihm vorwarf, keine Lust, bei diesem Wetter aufs Dach zu steigen um die Anlage neu auszurichten. Im Moment, als sie jedoch ihre Tochter in der Türe stehen sah, ließ sie das Telefon auf den Tresen fallen, rannte zu Alexia und umarmte sie. Wochenlang hatten sie sich nicht gesehen, jetzt weinten die beiden Frauen hemmungslos, doch es waren Freudentränen. Rena heulte, weil sie sah, was ihre Tochter durchgemacht haben musste, und Alexia heulte, weil sie nach der langen, zermürbenden Zeit dort oben in der Hütte fühlte, dass die Einsamkeit für sie endlich vorüber war. Ihre Mutter zu umarmen, ihre warmen Tränen an ihren Wangen zu spüren, das war nach Hause kommen, zurück in den Schoß der Familie. Wie die Sache auch ausgehen sollte, sie wusste, sie würde von jetzt an hier bleiben. Kiriakos kam dazu, nochmal großes Hallo, wieder Tränen, dann beruhigten die drei sich langsam. Alexia erzählte, was passiert war, dass Masud abgehauen war – völlig durchgeknallt, mit dem Rest der Drogen hatte er sich auf den Weg gemacht, angeblich zu Garidis – und dass sie sich endgültig von ihm getrennt hatte. Wie sie nach den drei schlimmen Tagen des Entzugs endlich beschlossen hatte, nach Hause zu gehen. Sie wanderte stundenlang zu Fuß bergab, immer versteckt und auf der Hut, bis sie nicht mehr konnte und sich an die Straße stellte, um zu trampen. Schließlich nahmen sie ein Olivenbauer aus Stavros und seine Frau mit hinunter nach Plomari. Dort traf sie auf Petaris, den Taxifahrer, er brachte sie die letzten Kilometer bis Agios Issidoros zu ihren Eltern. Rena machte sich sofort daran, etwas zu Essen zuzubereiten, Alexia machte einen ausgemergelten Eindruck, aber – das war ihr gleich aufgefallen – ihre Augen waren klar, sie war ganz offensichtlich nüchtern, keine Drogen mehr. Rena machte Alexias Leibgericht, mit Hackfleisch gefüllte Auberginen und Bratkartoffeln. Als Alexia den Duft davon in die Nase bekam, fing sie gleich wieder zu weinen an. Vor Glück. Spätabends – die drei saßen noch im privaten Wohnzimmer hinter der Küche zusammen – kam Nikos nach Hause. Er war stark betrunken. Als er seine Schwester sah, ging er mit ausgestrecktem Zeigefinger auf sie zu, blieb schwankend vor ihr stehen, versuchte sie mit eindrücklichem Blick zu fixieren, was ihm aber nicht gelang. Er brachte nur ein doofes Glotzen zustande, was dazu führte, dass Alexia laut zu lachen anfing. Derart verunsichert und wütend holte Nikos aus und wollte ihr ins Gesicht schlagen, doch sie wich behände aus und duckte sich weg. Von der Wucht seines nun ins Leere laufenden Schlages drehte sich Nikos auf der Stelle und taumelte gegen die Wand, dann rutschte er daran herunter, bis er am Boden zum sitzen kam. Mühsam stieß er hervor:

„Du verschwindest von hier, hörst du? Die kommen sonst und brennen alles nieder. Wegen dir! Alles geht kaputt …".

Alexia ging vor ihm in die Hocke, packte ihn an den Haaren und schlug seinen Kopf gegen die Wand. Er stöhnte, wehrte sich aber nicht. Betroffen verfolgten die Eltern die Szene, doch sie griffen nicht ein. Alexia ließ von ihrem Bruder ab, erhob sich und sah ihn verächtlich von oben herab an. Leise zischte sie ihn an:

„Nie wieder schlägst du mich, Bruderherz! Ich schwör's, ich bringe dich um …",

„Alexia!", rief Rena dazwischen, doch die winkte nur ab. „Nein, Mutter. Das war schon lange fällig." Dann wandte sie sich wieder an ihren Bruder: „Du bist ein Feigling und außer zuschlagen fällt dir nichts ein. Du hast mich mein ganzes Leben lang unterdrückt und bevormundet, damit ist jetzt Schluss! Seit ich nach Thessaloniki gegangen bin, ist verdammt viel passiert in meinem Leben und ich weiß jetzt, was ich aushalten kann, was ich schaffen kann. Meine letzten Monate hättest du nicht überlebt, das ist sicher. Du bist schwach, Nikos, und du hast Angst um dein armseliges bisschen Leben. Du säufst und taugst nichts und hoffst nur darauf, dir bald die Pension unserer Eltern unter den Nagel zu reißen …, vergiss es, hörst du? Vergiss es!"

Sie trat mit dem Fuß nach ihm und spuckte vor ihm aus. Jetzt ging Kiriakos dazwischen und hielt seine Tochter davon ab, ihren Bruder noch weiter zu demütigen. Doch er sagte nichts. Er spürte, dass das Band zwischen den Geschwistern endgültig zerrissen war. Auch Nikos spürte das. Alexias Worte zeigten Wirkung. Die Dinge waren neu geordnet worden. Mühsam rappelte er sich auf und zog sich zurück. Am nächsten Morgen, noch bevor die anderen wach waren, verließ er mit einem Koffer und zwei Taschen die Pension.

20 – Masud und Garidis

Nachdem Masud den Berg verlassen und die kleine Küstenstraße erreicht hatte, wandte er sich nach Westen und ging nach Vaterá. Er musste die ganze Strecke laufen, kein Wagen war unterwegs. Gegen Abend kam er endlich in dem Städtchen an, von dort führte eine der Hauptverbindungsstraßen Richtung Süden nach Mytilini. Da wollte er hin, das Postschiff erwischen, das im Winter zweimal die Woche nach Thessaloniki fuhr. Die Fähren für die Touristen, welche im Sommer täglich die Ägäis durchkreuzten, fuhren im Winter nicht. Das Postschiff war auch eine Fähre, war aber bei Weitem nicht so groß wie die Sommerfähren, jedoch deutlich seetüchtiger. Masud bekam gerade noch den letzten Linienbus und auf der rund zweistündigen Fahrt am Golf von Kalloni vorbei, durch die Inselmitte über die Berge hinunter nach Petra und schließlich nach Mytilini, schlief er ein. Er fiel in einen unruhigen Schlaf, wurde hin und her gerüttelt auf der kurvenreichen Strecke, war jedoch so erschöpft, dass er erst wieder mühsam erwachte, als der Fahrer am Busbahnhof der Hafenstadt anhielt und die Mitreisenden ihn anstießen, um ihn zu wecken. Es war spätabends, beinahe Mitternacht, und es hatte wieder begonnen zu regnen. Ein zäher, schlieriger Regen, der nahe der Null Grad Grenze zu gefrieren drohte. Masud stieg aus, die Kälte traf ihn wie ein Hieb, er hatte nur seine schwarze Lederjacke an, keine Mütze, kein Anorak. Er schlotterte aber nicht nur wegen der Kälte, er brauchte dringend einen Schuss. Stoff hatte er noch etwas. In der Plastiktüte, die er von der Hütte mitgenommen hatte, hatte er neben ein paar Wäschestücken noch die restlichen Portionen Heroin und Koks reingepackt. Auch das übrige Geld. Alexia hatte er nichts da gelassen. Er schämte sich dafür. Obwohl, von den Drogen hatte sie die letzten Tage sowieso kaum noch etwas genommen. Aber das Geld. Davon hätte er ihr was geben müssen. Dass er davon noch was hatte, dass er überhaupt noch am Leben war, hatte er ihr zu verdanken. Ihm wurde übel. So schnell er konnte, ging er Richtung Innenstadt und nahm im ersten Hotel, das er finden konnte, ein Zimmer. Es war ein besseres Hotel, keine Absteige, nicht billig. Doch das war ihm egal. Auch, dass der Nachtportier ihn zuerst etwas abschätzig musterte, war ihm egal. Erst, als er ihm erzählte, man habe ihm sein Gepäck gestohlen, und dem Mann einen 20-Euro-Schein über den Tresen schob, gab der ihm den Schlüssel. Seinen Charme konnte Masud immer noch spielen lassen, auch wenn es ihm schwerfiel in seinem Zustand. Außerdem sah er nach wie vor nicht wie ein abgehalfterter drogensüchtiger Flüchtling aus, sein griechisch anmutendes Antlitz half ihm auch in dieser Situation. Kaum war er auf dem Zimmer, riss er sich die nasse Jacke vom Leib, setzte sich einen Schuss, dann fiel er rücklings auf das Bett und dämmerte hinein in einen langen, traumlosen Schlaf. Am nächsten Tag erwachte er am späten Vormittag, packte seine Sachen hastig zusammen und verließ das Hotel, nachdem er in der Halle wenigstens noch schnell zwei Mocca getrunken hatte. Seinem angeschlagenen Magen bekam das gar nicht gut, auf dem Weg zum Hafen übergab er sich hinter einem Müll-Container. Trotzdem erreichte er das Postschiff noch rechtzeitig. Er löste ein Ticket für Thessaloniki, dann suchte er sich im Bordrestaurant auf dem Mitteldeck der Fähre einen Fensterplatz, holte an der Theke etwas Käse und Weißbrot, dazu griechischen Bergtee. Den kannte er – Yiannis hatte eine große Dose davon zur Hütte rauf gebracht – hatte ihm jedes Mal geholfen, wenn er Probleme mit seinem Magen hatte.

Allmählich fühlte er sich besser, der Raum war warm, nicht überheizt, er lehnte sich zurück, sah zum Fenster hinaus auf die raue See und dachte nach über das, was er in Thessaloniki vor hatte. Er würde Garidis finden und ihm zeigen, dass er, Masud, keine Angst vor ihm hat. Garidis war schuld an seiner Misere, er und seine Leute, seine Drogen waren es, die ihn kaputt gemacht hatten. Das Kilo Koks war noch viel zu billig, für das, was er ihm angetan hatte. Und Alexia. Alexia hatte er auch verloren. Wahrscheinlich. Dafür musste Garidis büßen. Masud stachelte sich immer weiter an in seinem Wahn, fütterte die Wut mit mehreren Prisen Koks, er war bis unter die Haarspitzen geladen, als das Schiff in Thessaloniki einlief. Es war früher Nachmittag, er verließ das Hafengelände und eilte zum nächsten Taxistand. Es konnte ihm gar nicht schnell genug gehen. Er herrschte den Fahrer an, er solle sich von nun an genau an seine Anweisungen halten und keine dummen Fragen stellen. Er warf ihm einige Geldscheine auf den Beifahrersitz, der Taxifahrer überschlug mit einem schnellen Blick die Summe – circa dreihundert Euro lagen da – nickte zustimmend und fuhr los. Zuerst in die Innenstadt, wo Masud an einem Kaufhaus halten ließ. Dort kaufte er eine dunkle Strickmütze, Handschuhe und ein langes Messer, wie man es zum Filetieren für Fische verwendete. Dann dirigierte er das Taxi hinaus an den Stadtrand, wo Garidis Villa stand und bedeutete dem Fahrer, etwa zweihundert Meter entfernt am Straßenrand zwischen anderen Fahrzeugen zu parken. Er fragte, ob das Taxischild am Dach des Wagens abzumachen sei, und als der Mann das bejahte, gab Masud ihm die Anweisung, das zu tun. Dann warteten sie. Der Fahrer versuchte, eine kleine Unterhaltung in Gang zu kriegen, doch Masud unterbrach ihn unwirsch, er solle seinen Mund halten. Daraufhin herrschte Stille. Dem Fahrer war langsam schon mulmig zumute, konnte er sich auf das Ganze doch keinen Reim machen. Hätte er gewusst, vor wessen Villa sie warteten, wäre ihm sicher noch viel unwohler gewesen. Doch er hatte keine Ahnung und insgeheim tröstete er sich mit den dreihundert Euro seines dubiosen Fahrgastes.

Nach ungefähr einer Stunde tat sich etwas an der Villa. Ein Tor öffnete sich automatisch, zwei Männer kamen die steile Auffahrt herauf, die vermutlich zu einer Tiefgarage führte, und platzierten sich links und rechts des Tores. Bodyguards von Garidis, wie Masud vermutete. Er lächelte still. Er hatte Glück gehabt, denn er war einfach auf Verdacht hierher gekommen, ohne Garantie, dass Garidis überhaupt hier war. Was hätte er wohl dann gemacht? Doch die Frage stellte sich jetzt nicht mehr. Er jubilierte innerlich. Ein Wink des Schicksals, so interpretierte er das Auftauchen der schwarzen Limousine, die nun langsam auf die Straße rollte, die beiden Männer waren zugestiegen.

„Folge dem Auto unauffällig ... aber verlier ihn nicht! Los jetzt!", befahl Masud barsch.

„So, wie im Film, oder?", witzelte der Fahrer, doch Masud reagierte gar nicht, sondern starrte unablässig auf das Heck des Wagens, der gut hundert Meter vor ihnen fuhr. Sie erreichten nun eine größere Straße, der Wagen erhöhte das Tempo und reihte sich geschickt in den fließenden Verkehr ein. Der Taxifahrer musste zwei Autos passieren lassen, bis er eine Lücke fand, der Abstand zu Garidis Wagen wuchs dadurch, doch er hatte ihn nach wie vor gut im Blick. Zufrieden registrierte Masud, dass sein Fahrer jetzt sehr konzentriert wirkte und offenbar keine Probleme mit der Verfolgung hatte, obwohl der Verkehr immer dichter wurde – sie näherten sich der Innenstadt von Thessaloniki – und die Fahrbahn zweispurig wurde. Nach einigen Minuten Fahrzeit bog die Limousine vor ihnen links ab, sie befanden sich nun ziemlich im Zentrum der Stadt, der Fahrer lenkte den breiten Wagen langsam und vorsichtig durch enge Straßen mit vielen Fahrzeugen. Dann blieb er vor einem Restaurant stehen. Mitten auf der Straße. Es gab keine Parklücke. Masuds Fahrer murmelte: „Oh! Noble Adresse für das Abendessen. Scheint ein wichtiger Mann zu sein, Ihr Freund da vorne ..."

Das Taxi stand drei Wagen hinter Garidis, der sich gerade anschickte, mit Hilfe seiner Begleiter auszusteigen. Die ersten Wartenden in der Gasse begannen zu hupen, einer der Bodyguards fluchte in Richtung des nächststehenden Fahrzeuges. Garidis stand jetzt neben dem Wagen, schlüpfte in einem ihm hingehaltenen Mantel, übers Wagendach hinweg wechselte er ein paar Worte mit dem Mann, der auf der anderen Seite ausgestiegen war. In dem Moment riss Masud die Tür des Taxis auf, er hatte sich die Mütze aufgesetzt und die Handschuhe übergezogen. Er rannte auf die Gruppe bei der Limousine zu, im Laufen zog er das Messer aus der Tüte, dann begann er laut zu brüllen, die Männer stoben herum, doch er hatte Garidis bereits erreicht und rammte ihm mit aller Wucht das Messer bis zum Heft in den Rücken. Ohne auch nur kurz innezuhalten drehte er ab, sprang über Haube und Dach des nächsten Autos und stürmte, Haken schlagend, zwischen den anderen Fahrzeugen davon, bis er blitzschnell in eine kleinere Gasse abbog. Garidis lag am Boden, seine Begleiter hatten Waffen in den Händen, zwei waren Masud hinterher, doch sie hatten keine Chance, ihn in dem Durcheinander einzuholen. Er hatte sie komplett überrumpelt, mit diesem

Überfall mitten auf der belebten Straße vor einem Nobellokal hatten sie nicht gerechnet. Wie aus dem Nichts, wie ein Irrer war Masud plötzlich aufgetaucht und genauso schnell war er wieder verschwunden.

Wie ein Lauffeuer verbreitete sich die Nachricht von Masuds Anschlag auf Garidis, einer seiner Begleiter hatte ihn erkannt, und es gab etliche detaillierte Beschreibungen der anwesenden Zeugen von dem Mann mit dem Messer. Der Garidis-Mann erzählte der Polizei natürlich nicht, dass er Masud erkannt hatte, aber schon am nächsten Tag machte in bestimmten Kreisen die Nachricht von einem hohen Kopfgeld die Runde, das Garidis Familie auf den Attentäter ausgesetzt hatte. Stavros Garidis hatte durch die Messerattacke eine irreparable Verletzung der Wirbelsäule erlitten, Masuds Stoß mit dem Messer war so stark gewesen, dass er beinahe zwei der unteren Lendenwirbel durchtrennt hatte. Garidis würde den Rest seines Lebens im Rollstuhl sitzend verbringen müssen. Die Polizei kam auf Grund ihrer Ermittlungen in Thessaloniki und auf Lesbos schnell der ganzen Vorgeschichte auf die Spur, wusste also auch bald Bescheid, um wen es sich bei dem Angreifer handelte. So dauerte es keine zwei Tage, bis ein Kommissar vom Festland in Begleitung dreier Beamter bei der Pension Tanidis auftauchte, um Alexia zu verhören. Dazu nahmen sie sie erst mal mit auf die Wache nach Plomari. Unter Protest ihrer Eltern und Yiannis, der sich seit der

Nachricht von Masuds Tat ständig in der Pension aufhielt, zu Alexias Schutz, wie er meinte, denn nun war tatsächlich damit zu rechnen, dass früher oder später Garidis Leute hier auftauchten, um durch sie an Masud zu kommen. Wenn sie kämen, dann würde das bald sein, denn genauso wie die Polizei glaubte auch er, dass Masud so schnell wie möglich Griechenland verlassen würde, um irgendwo in einem anderen europäischen Land unterzutauchen. Vielleicht wollte er ja nach Schweden, das ergab sich für den Kommissar aus der Befragung Alexias, die ihm von ihren ursprünglichen Fluchtplänen erzählte, wäre der große Deal mit dem Kokain von Garidis nicht schiefgelaufen. Sie hätte lieber nach Spanien gewollt, doch Masud hatte aus seiner Zeit als Bootsführer für die libyschen Schlepper einige Kontaktadressen von in Schweden lebenden Landsleuten bekommen, das wäre für sie beide ein guter Start geworden, so dachte er zumindest. Für den Kommissar und seine Ermittler ein logischer Gedanke und eine Spur, der es galt, nachzugehen. Doch Masud dachte nicht mehr logisch. Stand unter Strom, hatte sich noch in der Nacht neuen Stoff besorgt, sich schlaflos in der Nähe des Hafens versteckt gehalten und war am Morgen mit dem ersten Bus nach Porto Koufo gefahren, dem Hafen auf dem mittleren Finger der Chalkidiki gelegen. Von dort gab es eine Fährverbindung über die Sporaden nach Andros, einer Insel in der Nähe Athens, da nahm er das Postschiff nach Chios, wo er dann nochmal umsteigen musste, um schließlich wieder nach Lesbos zu gelangen. Es gab keine direkte Verbindung, jedes Umsteigen, das Warten auf die Weiterfahrt bedeutete Stress für ihn, doch er hatte Glück, anstandslos erhielt er seinen Fahrschein, niemand kontrollierte ihn und seine Plastiktüte. Er wurde da nicht gesucht, das war die einfache Erklärung. Nicht auf dieser Route, die ihn auf Umwegen zurück nach Lesbos brachte, damit rechnete niemand. Er kam gegen Abend in Mytilini an und machte sich zu Fuß auf nach Moria, wo er sich im Schutze der Dunkelheit unbemerkt ins Lager schlich. Er fand eine zerschlissene, nasse Folie, kauerte sich an den Stamm eines Olivenbaums und schlief nach über vierzig Stunden sofort ein. Wahrscheinlich wäre er erfroren, es war eine dieser kalten Nächte Ende Februar, hätte ihn nicht ein alter Iraker, der mit seiner Familie nebenan in einem Zelt lebte, zufällig entdeckt, als er zum Pinkeln raus musste. Er holte einen seiner Söhne, sie weckten ihn und nahmen ihn mit in ihr Zelt, wo sie ihn in eine warme Decke hüllten und ihm heißen Tee einflößten.

21 – Alexia und Yiannis

Mehr als die Sache mit Schweden und wie das vor zwei Monaten in Thessaloniki mit dem Kokain gelaufen war, erfuhren die Polizisten nicht von Alexia, sodass sie sie nach dem Verhör wieder laufen ließen. Es lag nichts gegen sie vor, sie hatte ihre Sucht überwunden, das war offensichtlich, und sie konnte glaubhaft machen, dass sie sich von Masud getrennt hatte, also bestand auch keine Verdunkelungsgefahr oder ähnliches. Vor der Polizeistation warteten Yiannis Fitos und Kris Pergmann, sie fuhren sie nach Hause, wo ihre Eltern sie schon sehnlichst erwarteten.

„Zum Glück bist du wieder da, meine Tochter!", schloss Kiriakos sie in die Arme.

„Waren sie anständig zu dir?", fragte Rena besorgt.

„Aber ja, Mama …!" Alexia lachte. Sie war erleichtert und froh, dass sie unbeschadet aus der ganzen Geschichte heraus kam, von offizieller Seite zumindest.

„Sie waren okay und ich habe ihnen gesagt, was ich wusste. Außerdem will ich mit Masud und seinem Scheiß wirklich nichts mehr zu tun haben. Das haben sie schnell kapiert!"

„Nur wissen das Garidis Leute nicht …", gab Pergmann zu bedenken.

„Wir sollten echt aufpassen. Yiannis, wir können uns abwechseln mit Wache schieben, was meinst du?"

„Das passt schon. Ich bleibe heute Nacht und den Tag morgen auf jeden Fall hier. Fahr du nur zu deiner Melina …". Yiannis grinste.

„Zu deiner Melina? Hab ich da was nicht mitbekommen? Du hast was mit Angelos Schwester angefangen?"

Alexia schaute verdutzt, dann lachte sie.

„Echt jetzt? Das ist ja eine Neuigkeit … Hey Kris, ich freu mich! Nach so vielen Jahren. Unglaublich!"

Sie umarmte Pergmann und gab ihm einen Kuss auf die Wange. Der tat etwas verlegen.

„Na ja, eigentlich hat sie was mit mir angefangen, glaub ich … Kennst mich ja. Aber ich hatte nichts dagegen!" Jetzt lachte auch er.

Yiannis meinte: „Und wir dachten alle schon, Melina will für alle Zeiten alleine bleiben. Seit sie wieder auf der Insel ist, gab es keinen Mann in ihrem Leben. Außer ihrem Bruder. Aber dabei hat sie nur auf den richtigen Zeitpunkt gewartet, bis sie dich endlich abgreifen konnte, das war's!"

„Ja ja. Macht euch nur lustig!"

Pergmann deutete einen Faustschlag Richtung Yiannis an, dann zog er seinen dicken Parka an und schickte sich an, zu gehen.

„Hey, Kris!", rief ihm Kiriakos nach. „Du musst nicht laufen. Hier, nimm das Auto!"

Damit warf er ihm den Schlüssel ihres alten Fiat zu, den die Tanidis schon fuhren, seit er das erste Mal mit Cordula auf der Insel war.

„Aber sei vorsichtig mit dem guten Stück!", meinte er grinsend.

‚Unglaublich, dass der immer noch läuft', dachte Pergmann und lachte. Dankend nahm er an, verabschiedete sich von seinen Freunden und machte sich auf den Weg zu Melina.

Yiannis richtete sich wieder im Vorraum der Pension für die Nacht ein. Er hatte sich extra ein Feldbett besorgt, Rena hatte darauf bestanden, dass er wenigstens richtiges Bettzeug von ihr nutzte, eigentlich wollte er seinen Schlafsack nehmen, doch das ließ sie nicht zu.

„Du glaubst, das muss echt sein? Das mit der Wachnummer hier?", fragte Alexia, während er sein Lager bereitete. Er hatte sogar die alte Schrotflinte seines Vaters dabei und lehnte sie neben sich an die Wand.

„Alexia, du hast doch gehört, was Kris gesagt hat. Der ist der gleichen Meinung wie ich. Glaub mir, es ist besser so. Die Sache ist noch nicht durch, ich spür das ...".

„Na du machst mir Spaß, ich weiß nicht ...", zweifelte Alexia.

„Aber sie haben beide Recht. Sicher ist sicher!" Kiriakos half Yiannis mit dem Feldbett und Rena nickte zustimmend. Dann sagte Yiannis:

„Übrigens habe ich Nikos in der Stadt gesehen."
Die Eltern horchten auf. Rena fragte sofort:

„Und? Wie geht's ihm?"

„Ich habe nicht mit ihm gesprochen. Aber er wohnt jetzt über den Drei Brüdern – hat da wohl ein Zimmer und hilft unten im Café mit ... Na ja, er trinkt viel, heißt es. Tut mir leid."

„Ach was, Yiannis! Er wollte es nicht anders. Er ist ein Sturkopf, kennst ihn doch.", antwortete Kiriakos.

„Aber er ist noch immer unser Sohn!", mischte sich jetzt Rena ein.

„Und wenn er Hilfe braucht, bekommt er sie auch. Egal, was er gemacht hat. Yiannis, bitte halte uns auf dem Laufenden, du erfährst doch immer wieder etwas, ja?"

„Versprochen, Rena, wenn ich was höre, sag ich's euch ...".

Alexia verdrehte die Augen und sagte:

„Der kann mir erstmal gestohlen bleiben! Soll er doch mal sehen, wie er ohne uns zurecht kommt. Ich geh schlafen, Gute Nacht! Und nicht, dass du aus Versehen mit deiner Flinte hier rumballerst, hörst du?" Sie gab Yiannis einen Kuss auf die Stirn und verschwand ins obere Stockwerk, wo die Schlafzimmer waren.

22 – Melinas Männer

Melina Tsarpos kam im selben Moment aus Moria zurück, als Kris Pergmann den Fiat der Tanidis vor ihrer Wohnung parkte. Sie küssten sich zur Begrüßung. Melina nahm sofort eine heiße Dusche, sie war den ganzen Tag im Lager unterwegs gewesen. Es hatte wieder geregnet, dazu pfiff noch ein starker Wind vom Meer her. Pergmann schürte den Ofen ein und kümmerte sich um ein einfaches Abendessen. Maccaroni mit frischen Tomaten, Oliven, etwas Käse und Weißbrot. Er hatte auch eine Flasche Rotwein besorgt. Keinen Retsina. Manchmal mochte er ihn nicht. Gerade im Winter konnte er dem harzigen und stets kalt zu trinkenden Weißwein nicht viel abgewinnen. Nach dem Essen liebten sie sich. Sie waren jetzt fünf Wochen zusammen. Obwohl, ein richtiges Zusammensein konnte man es eigentlich nicht nennen. Sie besuchten sich hin und wieder. Mal kam sie zu ihm, in sein neues Haus, spätabends, nachdem sie zuvor ihrem Bruder Angelo in der Taverne geholfen hatte oder er schaute in ihrer Wohnung in Plomari vorbei, wenn er wusste, sie war von Moria zurück. Normalerweise verabredeten sie sich kurzfristig per Handy. Dann tranken sie Wein zusammen oder aßen gemeinsam zu Abend, wie heute, bis sie schließlich im Bett landeten. Meistens jedenfalls. Manchmal redeten sie auch nur. Aber das kam selten vor. Eigentlich nur einmal bisher. Sie taten sich einfach gut, wussten nicht, ob sich daraus mehr entwickelte, das war ihnen egal. Sie mochten sich und ihnen tat der Sex gut. Beide hatten jahrelang darauf verzichtet und jetzt merkten sie, wie sehr sie danach sehnten. Melina stieg nackt aus dem Bett, lief zu einem Stuhl, an dessen Lehne ihre Tasche hing, und kramte ein Päckchen Karelia hervor. Dann huschte sie schnell zurück ins Bett und zog die Decke hoch ans Kinn. Richtig warm war es noch nicht in dem Raum, der Ofen bullerte zwar schön, aber brauchte noch etwas, bis er genügend Wärme abgab.

„Du rauchst?", fragte Pergmann erstaunt. „Ist mir noch nie aufgefallen."

Melina blies den Rauch Richtung Zimmerdecke und meinte: „Doch, mach ich. Nicht oft, aber ich mag es. Und manchmal entspannt es mich auch."

„Was? Du bist jetzt nicht entspannt, nachdem wir gerade …"

„Nein, Doofkopf, so mein ich das nicht!", fiel sie ihm ins Wort.

„Aber ich hatte heute einen Scheiß-Tag. Natürlich entspannt mich der Sex mit dir. Und für den Scheiß-Tag brauche ich jetzt eben noch die Zigarette, so ist das."

Sie drehte sich zu ihm und küsste ihn.

Er fragte: „Erzähl's mir … Was war los heute? Ich will es echt wissen. Schließlich kenne ich das Lager ja auch inzwischen."

„Ach, der Ärger fängt zurzeit schon immer vor dem Lager an. Die Leute werden langsam sauer, also meine Landsleute hier. Kann ich ja irgendwie auch verstehen, wenn das so weitergeht, geht die

Insel vor die Hunde. Für Lesbos ist das zu viel. Darum protestieren sie dagegen. Gegen das Lager, gegen die Flüchtlinge, die Stimmung kippt langsam. Aber jetzt lassen sie sich auch noch vor den Karren dieser ganzen rechten Idioten spannen. Dabei sind viele von denen nicht mal von hier ..., die kommen zum Teil vom Festland, manche sogar aus dem Ausland, Belgier, Italiener, auch Deutsche sind dabei, und die organisieren das jetzt. Machen Blockaden, Straßensperren, prügeln sich mit unseren Polizisten und greifen Mitarbeiter der NGO's an, wir kommen manchmal gar nicht mehr rein ins Lager. Heute ist eine große Gruppe von Flüchtlingen aus dem Lager raus und hat die Demonstranten angegriffen, es sind Molotows geflogen, das Militär musste eingreifen, die Polizei setzte Tränengas ein. Eine Freundin von mir bekam was ab, wurde verletzt. Nicht schlimm, aber mir hat es gereicht, ich war so sauer ...", Melina hielt inne, ihr liefen Tränen übers Gesicht, Pergmann nahm sie in den Arm und beruhigte sie.

„Weißt du, ich will den Menschen nur helfen, meinen Job machen. Als ich hierher zurückkam, dachte ich, jetzt machst du mal ein bisschen Sozialarbeiterin hier auf deiner Insel und gut ist. Aber jetzt holt mich dieser ganze politische Scheißkram, an dem ich schon mal fast kaputtging, hier schon wieder ein! Immer das Gleiche!"
Sie stand auf, zog ihren Slip an, warf sich eine Wolldecke über und setzte sich an den Tisch.

Dann schenkte sie ein Weinglas voll und trank es in einem Zug leer.

„Ach Scheiß drauf! Jetzt geht's wieder. Komm her, Pergmann, lass uns trinken, ich habe auch noch eine Flasche Ouzo da."

Nachdem sie den Wein geleert hatten und zum Ouzo übergegangen waren, lachte Melina wieder laut und rau, was Pergmann so mochte an ihr – sie erzählten sich blöde Witze und lustige Anekdoten aus ihren Leben. Dabei wurden sie immer betrunkener, doch keiner machte sich deswegen Gedanken, warum auch. Dann kam Pergmann in den Sinn, was Yiannis am Nachmittag über Melina gesagt hatte, und unvermittelt fragte er sie:

„Sag mal, Yiannis meinte, du warst die letzten Jahre immer allein? Stimmt das? Kein Mann? Kann ich mir gar nicht vorstellen, du bist doch ...", weiter kam er nicht, Melinas Arm schoss vor, ihr ausgestreckter Zeigefinger landete auf seinen Lippen und sie bedeutete ihm zu schweigen. Verwirrt blickte er sie an. Melina fixierte ihn mit ihrem Blick, was ihr allerdings nicht mehr ganz leicht fiel.

Dann sagte sie:

„Du willst wissen, was mit mir los ist? Warum ich nicht –, ob ich ein bisschen komisch bin?"

„Sorry, Melina, ich wollte nicht ...", versuchte es Pergmann, doch sie unterbrach ihn gleich wieder, dabei lachte sie laut auf. Sie steckte sich eine Zigarette an und blies ihm den Rauch ins Gesicht.

„Du willst etwas über meine Männer wissen?

Pergmann, du bist ein guter ..., Darum erzähle dir ich jetzt von Melinas Männern!"

„Du musst das nicht tun, ich wollte dir nicht zu nahe treten, tut mir leid."

„Muss es nicht. Du bist mir schon so nahe gekommen, da kann ich dir auch das erzählen. Lass uns anstoßen, *Jiámass*!"

Sie ermunterte ihn, zu trinken, lachte ihn an. Das beruhigte ihn etwas, ihm war die Sache wirklich einen Moment unangenehm gewesen. Aber der Ouzo nahm ihm seine kurze Befangenheit, sollte sie doch erzählen, ein bisschen neugierig war er ja schon. Melina begann, ihre Stimme klang jetzt hart und schneidend:

„Melina und ihre Männer, ja, das ist so ein Ding, sag ich dir ... Es ist richtig, seit Jahren hab ich keinen Kerl mehr an mich heran gelassen. Seit ich aus der Klinik raus bin, nach meinem Zusammenbruch. Dafür vorher um so mehr. Ich hab den ganzen Scheiß nicht mehr ausgehalten damals, das ganze Elend. Überall, wo ich im Einsatz war, immer dasselbe. Du willst helfen, gibst alles, reißt dir den Arsch auf und doch bleibt alles nur Stückwerk. Du scheiterst an Behörden, an den Umständen, an der Dummheit, manchmal sogar am Wetter ... und immer wieder an machtgeilen Männern, die alles mit ihren Waffen regeln wollen und es auch tun. Foltern und morden, dann komm ich und meine Kollegen und räumen den Dreck weg. Kümmern uns um das, was noch übrig ist, verstehst du? Finden kaputte Menschen in kaputten Ländern und sollen helfen – Wiederaufbau und so. Aber du rennst immer wieder gegen dieselben Mauern, egal, ob du in Afrika bist, im Himalaya oder auf Haiti. Irgendwer ist immer gegen dich. Ich hab's nicht mehr ausgehalten und irgendwann hab ich angefangen, mir jeden Abend einen Typ fürs Bett zu holen. Zuerst dachte ich, es hat was mit Gefühlen zu tun, mit Trost und Zärtlichkeit, und ich hab versucht, mit ihnen zusammenzubleiben. Aber spätestens nach einer Woche war Schluss, dann hat er mich angewidert. Irgendwann hab ich mit einem Mann nur noch geschlafen, weil es mir Freude bereitet hat, ihn am nächsten Tag rauszuschmeißen. Das war dann meine Befriedigung. Der Sex in der Nacht davor war's nie. Natürlich gehst du an sowas kaputt, mit all dem anderen macht es dich fertig. Nach einem halben Jahr haben mich Kollegen gerade noch so aus meiner Wohnung damals auf Sri Lanka gezerrt und ins Krankenhaus verfrachtet. Hatte eine Panikattacke, war kollabiert und stand kurz vor einem Infarkt. Das war's dann. Ab nach Europa, nach Brügge ins Sanatorium. Hab zu der Zeit für die Belgier gearbeitet. Ich war am Durchdrehen, dachte, ich werde verrückt, die schicken mich lebenslang in die Klapse. Aber so nach und nach bin ich wieder zu mir gekommen, da waren gute Leute, die haben mir mein Leben zurückgegeben ..."

Sie machte eine Pause, trank einen Schluck, dann fuhr sie fort:

„Ja, und dann nach einigen Monaten als geheilt entlassen. Geheilt ... Zum Glück hatte ich noch eine Heimat. Und meinen Bruder. Von da an war mir klar, mit Kerlen wollt ich nichts mehr zu tun haben. Hat jetzt fünf Jahre gehalten ...". Jetzt lachte sie.

„Und dann kommt so ein deutscher Aussteiger und verguckt sich in mich. Oder war's umgekehrt? Egal! Aber das eine sag ich dir, Pergmann. Du bleibst Pergmann und ich die Tsarpos. Fang bitte nicht an, mir irgendwas von Liebe ins Ohr zu säuseln, hörst du? Das wär mir echt zu viel. Hab andere Sorgen, ja?"

Sie stand auf, zündete sich noch eine Zigarette an und ging zum Bett zurück. Pergmann folgte ihr, legte sich neben sie und sagte:

„Du hast deine Geschichte und ich hab meine. Ich glaube, wir haben beide gerade nochmal so Glück gehabt. Darum ist es gut so, wie es ist."

Er legte seinen Arm um sie, sie schmiegte sich an ihn. Beide schwiegen und dämmerten allmählich weg. Sie wachten erst wieder in den frühen Morgenstunden auf, als ein Polizeiwagen mit Sirene und Blaulicht auf der Straße unten vorbei raste.

23 – Nikos Entscheidung

Nikos stand vor dem Café auf dem kleinen Platz mit den zwei mickrigen Palmen, die jetzt im Winter nochmal armseliger aussahen. Der Besitzer von den ‚Drei Brüdern' hatte sie vor einigen Jahren gepflanzt, aber irgendetwas stimmte mit ihnen nicht. Sie wurden einfach nicht größer und kränkelten vor sich hin. Er hatte am Abend zuvor wieder getrunken, schlecht geschlafen und jetzt hatte es ihn hinaus gezogen. An die frische Luft, ein paar Schritte laufen, vielleicht half das ja. In der Nähe wurde ein Wagen gestartet, nach mehreren Versuchen erst gelang es dem Fahrer, es war eine kalte Nacht gewesen, in den Bergen hatte es wieder geschneit. Wenn er vor zur Mole ging, könnte er den weißen Gipfel des Olymp sehen. Obwohl, es war ja noch dunkel, gar nichts würde er sehen. War immer noch etwas besonderes, wenn Schnee auf dem Olymp lag, das kam nur alle Jubeljahre vor. Das letzte Mal, erinnerte er sich, war vor über zehn Jahren gewesen. Bestimmt war das auch der Klimawandel, dachte er, als ein schwarzer Landrover langsam heran rollte und neben ihm zum Halten kam. Die Scheinwerfer waren auf Standlicht. Wahrscheinlich der Wagen mit den Startschwierigkeiten. Das Fenster wurde heruntergelassen, Nikos erkannte vier Gestalten im Innenraum, kein bekanntes Gesicht. Die waren nicht von hier. Der Mann erkundigte sich nach dem Weg zur Pension Tanidis. Jetzt wusste er plötzlich, woher die Vier kamen. Das konnten nur

Leute aus Thessaloniki sein, Leute von diesem Drogenbaron, die wollten Alexia. Doch Nikos dachte auch an Yiannis, der lag in der Rezeption auf Wache. In seinem Kopf überschlugen sich die Gedanken.

„Habt ihr denn kein Navi?", fragte er und der Fahrer antwortete:

„Doch, geht aber nicht. Auch die Smartphones bekommen kein Internet ..."

„Ach so, das kenne ich. Das fällt hier öfter aus. Dann geht ein paar Stunden gar nichts. Da wird aber noch niemand auf sein bei den Tanidis", schob er nach. Der Mann wiederholte daraufhin seine Frage nach dem Weg dorthin, er klang jetzt schon etwas ungeduldig.

„Wir warten, das passt schon. Also, du kennst den Weg?"

Nikos erklärte ihm daraufhin, wie sie zur Pension seiner Familie kämen. Es waren ja nur zwei Kilometer. Dass er selber ein Tanidis war, erwähnte er freilich nicht. Der Landrover mit den vier Männern entfernte sich langsam. Nikos ging schnell zurück ins Café, in sein Zimmer und zog sich hastig an. Dann verließ er das Haus, schnappte sich ein Moped und fuhr den Gangstern hinterher. Natürlich waren das Gangster, wahrscheinlich sogar Killer, sie hatten sicher Waffen dabei, und was er vorhatte, war nicht ungefährlich. Doch es könnte ihm helfen, mit einem Schlag wieder zurück in die Familie zu kommen, bewundert und als Held gefeiert. Er war nicht nüchtern, in seinem Kopf liefen vage verschiedene unausgegorene

Szenarien ab, wie er das bewerkstelligen wollte. Wenn er es schaffte, Alexia vor den Gangstern zu schützen – sicher wollten die seine Schwester entführen, um damit Masud herauszufordern, doch das würde er verhindern … und vielleicht hatten sie ja schon Yiannis ausgeschaltet, bis er ankam. Oder wenigstens zusammengeschlagen, den Mistkerl. Schleimt sich schon wieder an sie ran, aber da täuscht er sich … Da hat er als Bruder noch ein Wörtchen mitzureden, der wird sich gleich wundern!

Yiannis fuhr hoch, als er draußen das verhalten knirschende Geräusch von langsam über Kies rollenden Reifen wahrnahm. Er hatte es eher gespürt als gehört, war schon die ganze Nacht so unruhig gewesen. Er sprang auf, schlüpfte schnell in seine Stiefel – geschlafen hatte er sowieso komplett bekleidet –, griff sich die Flinte, huschte zu der großen, gläsernen Veranda-Schiebetür und spähte vorsichtig hinaus. Auf dem Vorplatz stand ein dunkler Landrover, der Acht-Zylinder blubberte leise. Sie waren da … Also doch, er hatte Recht gehabt. Er rannte nach hinten zur Treppe und rief laut nach oben: „Aufwachen! Sie sind da, ruft einer die Polizei, schnell! Alexia, bleib, wo du bist, verrammel die Türe! Los, los!"

Er rannte wieder nach vorne, plötzlich flammten die Scheinwerfer des Rovers hell auf, drei Typen stiegen aus und bewegten sich schnellen Schrittes auf das Haus zu. Yiannis zog die Schiebetür ein Stück auf, riss die Flinte hoch und schrie:

„Halt! Keinen Schritt weiter! Diese Schrotflinte bläst euch allen mit einem Schuss die Köpfe weg!" Die drei stutzten kurz, mit so einem Empfang hatten sie nicht gerechnet. Doch dann stoben sie auseinander, jeder in eine andere Richtung, dabei zogen sie ihre Waffen und eröffneten gleichzeitig das Feuer in Richtung Yiannis. Der hatte reflexartig den Verschluss der Flinte durchgezogen und sah, während er sich zur Seite wegduckte und aus dem Lichtkegel der Scheinwerfer sprang, wie einer der Angreifer die Hände hochriss und brüllend wie ein Tier zusammen sackte. Die Veranda-Tür, vor der er eben noch gestanden hatte, zerbarst, von mehreren Kugeln getroffen, in einem klirrenden Splitterregen. Yiannis spurtete zu seinem Pickup, sprang hinein, startete und drückte das Gaspedal bis zum Anschlag durch. Zehn Meter vor ihm stand einer der Killer, er hob seinen Revolver und zielte ruhig auf Yiannis' Gesicht hinter der Windschutzscheibe. Yiannis wurde schlagartig klar, dass er den Mann nicht mehr rechtzeitig erwischen konnte, es waren nur Sekundenbruchteile, doch für ihn war es zu spät. Wie gebannt starrte er auf die Mündung des Revolvers, aus der jeden Moment das Feuer die für ihn bestimmte Kugel auf die Reise schicken würde. Das Mündungsfeuer blitzte dann tatsächlich auf, doch plötzlich war da auch Nikos, wie aus dem Nichts war der aufgetaucht und hatte dem Typen im letzten Moment den Arm mit der Waffe weggeschlagen. Und ihn sofort noch mit einem zweiten Schwinger in den Magen zu Boden gestreckt. Yiannis erwischte die Kugel noch an der Schulter, die Scherben der Frontscheibe flogen ihm um die Ohren, geistesgegenwärtig riss er das Steuer herum, um nicht noch Nikos zu überfahren und knallte in die Böschung rechts des Kiesplatzes. Er ließ sich aus dem Wagen fallen und verschanzte sich dahinter. Von dort aus sah er, wie der Landrover wendete, der dritte Angreifer zurück in den Wagen sprang und der Fahrer mit durchdrehenden Rädern auf Nikos zusteuerte. Der griff sich den Revolver des am Boden liegenden Mannes, kniete sich hinter dessen Körper und zielte auf das Fahrzeug. Der Mann am Steuer lenkte ruckartig nach rechts, wollte an den beiden vorbei, der Wagen kam ins Schleudern, Nikos drückte ab und registrierte noch, wie das Seitenfenster zersprang, und – einer Zeitlupe ähnlich – das Projektil in den Schädel des Fahrers eindrang, der Kopf zur Seite kippte und gleichzeitig ein kleiner Schwall aus Blut und gelblicher Flüssigkeit schlierig aus dem Einschussloch quoll. Er wunderte sich über die geringe Menge, dachte, da käme viel mehr ... Dann schleuderte das Heck des schweren Landrovers vollends herum und mit einem dumpfen Geräusch prallte es auf die zwei Gestalten am Boden. Im selben Augenblick kam ein Polizeiwagen mit Blaulicht und Sirene in der Einfahrt schlingernd zum Stehen. Gleich darauf stürzten Alexia und ihre Eltern aus dem Haus und nur wenige Minuten später trafen auch Kris Pergmann und Melina Tsarpos ein, Alexia hatte Kris angerufen, kurz nachdem ihr Vater die Polizei alarmiert hatte. Dann herrschte plötzlich für einen Moment absolute Stille, gespenstische Stille. Ein fahler, kalter Morgen dämmerte langsam aus der Nacht empor.

Yiannis war schon bei Nikos, hielt ihn im Arm, als Alexia, Rena und Kiriakos mit schreckerfüllten Gesichtern dazukamen. Melina und Kris näherten sich nur langsam, hielten Abstand zu der am Boden kauernden Gruppe. Dann brachen alle in lautes Jammern und Weinen aus, als klar wurde, dass Nikos tot war. Der Aufprall hatte ihm das Genick gebrochen. Die Polizisten versuchten, die Trauernden von dem Leichnam wegzubringen, doch gaben gleich wieder auf, als sie den Toten als Nikos Tanidis erkannten, den Sohn der Familie, die hier lebte. Und Yiannis? Jeder kannte doch die Geschichte der beiden. Was für ein Drama! Der neben Nikos liegende Gangster war ebenfalls tot, überrollt von dem tonnenschweren Landrover. Überlebt hatte der auf dem Beifahrersitz, der hatte nur eine Platzwunde, ihn hatten die Beamten schon in den Streifenwagen verfrachtet. Der andere, dem Yiannis die Schrotladung verpasst hatte, lag noch im Kies vor der Pension. Er sah übel aus. Das Schrot hatte ihm die linke untere Gesichtshälfte zerfetzt und er blutete auch aus mehreren hässlichen Wunden an Hals und Schulter. Der Notarzt, der mit dem Krankenwagen kurze Zeit später eintraf, meinte, die Verletzungen seien nicht lebensgefährlich, nur, besonders attraktiv sähe der Kerl nicht mehr aus, wenn man ihn wieder zusammenflickte.

Die Verhöre des einzig ansprechbaren Killers in der Folge ergaben tatsächlich die Verbindung der Vier zu Garidis Familie, die ließ in ihren Rachegelüsten scheinbar alle Vorsicht fallen, um Masud habhaft zu werden. Es kam aber auch heraus, dass es Nikos gewesen war, der der Bande den Weg zur Pension gezeigt hätte. Darauf konnte sich nun wirklich keiner einen Reim machen, am wenigsten Yiannis und die Familie Tanidis. Wieso hatte er nicht die Polizei informiert, wieso tauchte er dann am Tatort auf, rettete in letzter Sekunde Yiannis das Leben und starb dann im Kampf diesen Heldentod? Das ergab keinen Sinn. Niemand konnte sich das erklären, niemand wusste aber auch von Nikos letzten wirren Gedankengängen. Schon gar nicht, was ihn dazu bewog, entgegen seinem Plan, am Schluss vor der Familie als Alexias Retter dazustehen, dann seinem ewigen Konkurrenten Yiannis das Leben zu retten. Allerdings hatte er eines erreicht, für seine Familie, für Yiannis, Melina, Kris und alle anderen, die ihn kannten, war er nun tatsächlich so etwas wie ein Held geworden, wenn auch auf sehr tragische Weise.

24 – Eine Nacht

Die Sanitäter wollten Yiannis eigentlich auch gleich mitnehmen ins Krankenhaus nach Mytilini, doch er weigerte sich, mit dem verletzten Gangster in einem Wagen zu sitzen, ihm womöglich noch das Händchen zu halten, wie er meinte. Er hatte zwar nur einen Streifschuss an der Schulter abbekommen, trotzdem musste die Wunde versorgt werden. Außerdem tat sie ihm höllisch weh. Nach Mytilini wollte er auch nicht. Der Notarzt meinte dann auch, dass seine Verletzung im Gesundheitszentrum von Plomari ebenso gut behandelt werden könnte, er müsse damit nicht nach Mytilini. Kris bot sich sofort an, ihn zu fahren, doch da mischte sich Alexia ein und sagte, sie wolle das machen, sie müsse hier weg von ihrem toten Bruder und alles sei ihre Schuld.

„Das ist Blödsinn, Alexia. Du hast keine Schuld! Es ist echt besser, du bleibst hier und kümmerst dich um deine Eltern.", meinte Kris und Melina fügte hinzu:

„Ich glaube, du bist nicht in der Verfassung, das jetzt zu tun. Lass dir doch helfen ..."

Doch Alexia erwiderte bestimmt:

„Mir geht's gut! Ich muss jetzt was tun. Bleibt ihr bitte bei meinen Eltern. Ich begleite Yiannis in die Klinik, das ist das Mindeste. Schließlich hat er für mich gerade sein Leben riskiert ... Kannst du laufen? Geht's?"

Sie half ihm auf die Beine, er saß auf den Stufen vor der Pension.

„Ja, ja, geht schon. Aber du musst ...", versuchte auch er einzuwenden, doch Alexia schnitt ihm das Wort ab:

„Jetzt fang du nicht auch noch an! Ich fahr dich jetzt und Schluss!"

Yiannis nickte, schaute rüber zu Kris und brachte trotz seiner Schmerzen ein kurzes Lächeln zustande. Pergmann sagte leise zu Melina:

„Glaub mir, er freut sich jetzt wie ein Schneekönig, dass sie ihn begleitet ..."

„Ich weiß zwar nicht, was ein Schneekönig ist, aber wahrscheinlich hast du recht. Komm jetzt, gehen wir zu den Tanidis. Außerdem muss ich nachher unbedingt noch diesen Kommissar, diesen Leandros, anrufen. Und den Chef des MSD vom Lager."

„MSD?", fragte Kris Pergmann.

„Den militärischen Sicherheitsdienst."

Er blickte sie fragend an. Sie sagte: „Erkläre ich dir später."

Im Gesundheits-Zentrum von Plomari dauerte es doch eine ganze Weile, bis Yiannis mit seiner lädierten Schulter verarztet war. Während der Wartezeit lief Alexia ständig den Gang vor den Behandlungsräumen auf und ab, trank einen Becher miesen Kaffee nach dem anderen, sie hatte alle Varianten, die der monströse Automat im Wartebereich hergab, ausprobiert, doch sie schmeckten alle gleich. Sie dachte an Nikos, ihren Bruder, den sie vor wenigen Stunden verloren hatte, an ihre Eltern, die sich jetzt sicher die Augen leer heulten und sich unendliche Vorwürfe machten. Eigentlich sollte sie jetzt bei ihnen sein, doch das kam ihr im Moment auch fremd vor, die Trauer ihrer Eltern machte für sie nur alles noch schlimmer. Ihr Bruder, ihr großer Bruder, wie oft hatte er ihr weh getan, wie oft sie gescholten und zurück gewiesen – und doch, sie hatte ihn trotzdem geliebt. Irgendwie. Oder nicht? Als Kind, ja, da fand sie ihn toll als ihren Beschützer, doch schon bald hatte sich das geändert, fing er an, sie zu bevormunden, machte sie schlecht vor den Eltern – gehasst hatte sie ihn da! Wie er sie drangsaliert hatte als Jugendliche, ihr so vieles nicht erlaubt hatte, das konnte sie ihm nicht verzeihen. Dann dieser ewige Streit mit Yiannis, dem er jetzt aber das Leben gerettet hatte – wieso? Warum hat er das gemacht? Gott sei Dank hat er es gemacht! Sonst wäre sie jetzt nicht hier und wünschte, Yiannis käme endlich zu dieser Tür heraus, sie wollte jetzt bei ihm sein, das kam ihr richtig vor. Er hatte schließlich sein Leben für sie aufs Spiel gesetzt, hätte es sogar hingegeben für sie, das war sicher. Am frühen Nachmittag konnten sie endlich das Zentrum verlassen. Die Wunde war gesäubert worden, desinfiziert und mit drei kleinen Stichen hatte man zwei etwas klaffende Wundränder fixiert. Genau wegen dieser drei Stiche hatte Yiannis so lange warten müssen, denn dazu bedurfte es eines richtigen Arztes, das anwesende Personal hatte dafür keine Erlaubnis. Dieser Arzt kam dann extra aus Polichnitos angefahren – das Städtchen war zwar nur knapp dreißig Kilometer entfernt, doch man musste den Doktor erst ausfindig machen. Bevor sie in den Fiat stiegen – Alexia öffnete Yiannis die Beifahrertür, um ihm hineinzuhelfen – umarmten sie sich spontan und Alexia hatte nichts dagegen, als Yiannis ihre Lippen suchte, im Gegenteil. Sie klammerte sich an ihn und erwiderte seinen Kuss leidenschaftlich. Sie fuhr ihn nach Hause. Im Sto Fitos hatten seine Eltern seit Stunden auf ihn gewartet, waren sehr besorgt, doch jetzt überglücklich, dass ihr Sohn doch nur leicht verletzt war, obwohl er so lange in der Notfallpraxis des Zentrums gewesen war. Seine Mutter hatte gekocht für ihn, all seine Lieblingsspeisen – und er hatte einige Lieblingsspeisen -, sodass sich der Tisch beinahe durchbog unter der Vielzahl an Platten und Teller. Natürlich freute sie sich, als sie mitbekam, wie liebevoll Alexia ihm beim Essen zur Hand ging. Sie wusste ja von Yiannis' unglücklicher Liebe zu ihr und dachte, nun würde vielleicht alles gut. Nach dem Essen zogen sich die beiden in Yiannis' Wohnung im Obergeschoss der Taverne zurück. Immer wieder sprachen sie über Nikos, seine Heldentat, seinen Tod, ihre gemeinsame Kindheit und Jugend, dann auch über die Zeit, als Kris Pergmann und seine Frau Cordula dazukamen, und wie schwer es Alexia mit ihrem Bruder gehabt hatte, aber er war ihr Bruder, trotz allem. Immer wieder rannen ihr die Tränen übers Gesicht, Yiannis tröstete sie, sie hielten einander fest, auch er war zutiefst aufgewühlt wegen der Ereignisse der vergangenen Stunden, ihn erschütterte der Tod Nikos genauso wie sie. Am Abend sagte Alexia zu Yiannis, sie wolle bei ihm über Nacht bleiben. Er nickte. Keiner von ihnen wollte allein bleiben in dieser Nacht. Sie zwängten sich in Yiannis viel zu kleines Bett, doch es war ihnen egal. Sie konnten gar nicht eng genug beieinander sein. Es war unausweichlich, dass sie miteinander schliefen. Es war ein Akt aus tiefer Zuneigung, Trauer und Zärtlichkeit. Erschöpft fielen sie danach in einen unruhigen, von wirren Träumen begleiteten Schlaf.

Am Morgen erwachte Yiannis und stellte fest, dass er alleine war. Verwundert ging er nach unten, fand Alexia aber dort ebenso wenig und auch seine Eltern hatten nicht mitbekommen, wann sie das Haus verlassen hatte. Wieder in seinem Zimmer, entdeckte er auf dem Tisch ein zusammen gefaltetes Stück Papier. Sie hatte ihm eine Nachricht dagelassen. Er setzte sich, faltete den Zettel auseinander und las:

Mein lieber Yianni!

Bitte verzeih, dass ich mich so leise davon schleiche, aber was ich dir jetzt sage, kann ich nur auf diese Weise. Ich habe ein bisschen Angst, dass du aufwachst, während ich das hier schreibe. Bitte schlaf weiter! Es war schön heute Nacht mit dir. Schön und traurig auch. Wir haben geweint, wir haben uns geliebt, wir haben uns gebraucht. Ich werde diese Nacht sicher nie vergessen, doch sie wird einmalig bleiben. Bitte Yianni, sei nicht traurig oder gar böse jetzt, aber wir haben uns nicht als Liebespaar geliebt. Denk nach, das spürst du doch auch. Es hat uns beiden gut getan und ich bereue

*es nicht, im Gegenteil, das musst du mir glauben!
Aber jetzt bitte ich dich um etwas und ich hoffe und
bete, dass du ja dazu sagen kannst, ohne leiden zu
müssen. Wenn nicht, dann gehe ich fort von hier,
ich könnte es nicht ertragen, dich unglücklich zu
sehen, würde mich immer schuldig fühlen. Ich habe
gestern meinen Bruder verloren und ich wünsche
mir nichts sehnlicher, als wieder einen zu haben.
Einen guten diesmal. Entschuldige, Nikos, aber du
warst oft nicht gut zu mir. Yiannis, ich bitte dich,
sei mein Bruder! Ab heute und für immer. Du warst
schon immer mein großer Bruder, schon als Kind
habe ich euch beide, dich und Nikos, in meinen
Träumen ausgetauscht. Da warst du der Bruder,
der mich vor Nikos Gemeinheiten schützte. Vielleicht verlange ich zu viel, und ich bin nur egoistisch, aber ich kann nach dieser Nacht nur ehrlich
sein. Vielleicht bist du jetzt wütend und böse auf
mich, wenn du das liest, und willst mich nie mehr
sehen. Diesen Wunsch erfülle ich dir dann, ganz
klar. Aber vielleicht, vielleicht ...
Bitte lebe dein Leben und finde eine Liebe, die anders ist als die zu mir jetzt und werde glücklich.
Auch mit mir an deiner Seite, als deine Schwester
im Herzen, die dich immer lieben wird!
Deine Alexia*

Yiannis las den Brief noch einmal durch. Er hatte
Tränen in den Augen, doch beim zweiten Lesen
wusste er schon, dass er Alexia danken würde für

diesen Brief. Ihm wurde klar, welchem Zwiespalt er sie die ganzen Jahre über ausgesetzt hatte mit seinem unverhohlenen Liebeswerben. Sie hatten nie wirklich darüber gesprochen – nur dies eine Mal, damals, als er sie nach Deutschland begleitet hatte zur Hochzeit von Cordula und Kris – aber da war sie noch so jung. Ihrem Wunsch, sie doch als Schwester zu sehen, hatte er damals zugestimmt, aber insgeheim hatte er die Hoffnung nie aufgegeben, sie eines Tages als Frau zu gewinnen. Auch später noch, als sie älter wurde und er immer deutlicher spürte, dass das nie der Fall werden würde, hatte er die Liebe zu ihr auf einen hohen Thron gesetzt, hatte nie, auch nicht ansatzweise, Gefühle für eine andere zugelassen. Er musste jetzt lächeln. Er dachte an die vielen Mädchen, die für ihn schon geschwärmt hatten, andere hatten ihm davon erzählt, seine Freunde, auch Kris hatte ihn immer wieder darauf aufmerksam gemacht, doch für ihn hatte nur Alexia gezählt. Er hatte die Avancen der anderen gar nicht registriert. Und jetzt? Ausgerechnet jetzt, nach dieser einen, einzigen Nacht, in der alles für ihn in Erfüllung zu gehen schien, fand er die Erkenntnis in Form von Alexias Brief, fiel es ihm wie Schuppen von den Augen, wie verrannt er sich hatte mit seiner angeblichen Liebe zu ihr. Sie war sein Hirngespinst, sein Trauma, über Jahre genährt von seinen Fantasien und Träumen, wie konnte er nur so egoistisch sein? Nie hatte er darüber nachgedacht, was er ihr eigentlich damit antat. Ja, er würde sie als Schwester lieben können, sie würde immer seine

Herzensfreundin bleiben, aber sie hatte recht, loslassen musste er. Und anfangen, neu zu leben. Noch heute wollte er zu ihr, um ihr das zu sagen. Keinen Tag länger wollte er sie in dieser Unsicherheit leben lassen. Er würde ihr der Bruder sein, den sie sich so wünschte.

25 – Mustafa Amiri

Es brannte im Camp. Irgendwer hatte Feuer gelegt. Ausgerechnet einer der Schulcontainer
brannte. Zum Glück war es Nachmittag, der Un-
terricht war schon beendet. Trotzdem, ein Schulcontainer! Melina Tsarpos war sauer. Zusammen
mit Kris Pergmann, Kommissar Leandros und
dem Leiter des Sicherheitsdienstes – Mikis Petridis mit seinen Männern – waren sie unterwegs,
um Mustafa Amiri festzunehmen. Nach der Sache
bei den Tanidis hatte Melina beschlossen, Amiri
und seine Leute auffliegen zu lassen. Sie wollte
auf keinen Fall riskieren, dass so etwas nochmal
passierte. Dass man nochmal versuchte, Alexia zu
entführen. Deshalb hatte sie Petridis vom MSD
darum gebeten, jetzt zuzuschlagen, sie erzählte
ihm alles, was sie und ihre Informanten aus dem
Camp über die Gruppe am Zaun zusammengetra-
gen hatten. Auch Leandros, den Kommissar, informierte sie. Nachdem die beiden die Unterlagen
gelesen hatten – Melina hatte einen ausführlichen
Bericht über die Observation erstellt –, waren sie
sofort dabei und starteten die Aktion. Melina
Tsarpos und Pergmann durften nur deshalb daran teilnehmen, weil beide Amiri identifizieren
konnten, zumindest Melina konnte das. Sie kannte den Mann aus dem Libanon, Pergmann hatte
ihn ja nur einmal gesehen, damals, vor ein paar
Wochen, als er mit Melina im Lager der Weißen
war, um rauszukriegen, ob Garidis Leute hinter
Masud und Alexia her waren. Aber sie hatte dar-

auf bestanden, dass er mit rein durfte ins Camp, sie wollte nicht alleine mit diesen Machos unterwegs sein. Sie waren alle bewaffnet und irgendwie hoffte Melina, dass Pergmann mithelfen konnte, falls die Lage eskalierte. Eine Schießerei hier mitten im Camp, das war das letzte, was sie den Insassen wünschte. Fast alle hier waren vor Kriegen und Terror geflohen, die Kinder waren traumatisiert, und dann laufen die mit Uniformen und gezogenen Waffen zwischen den Zelten und Unterkünften umher. Ihrer Meinung nach hätte man das viel unauffälliger machen können, doch sie konnte sich nicht durchsetzen. Natürlich war etwas von der Aktion durchgesickert, das Lager der Weißen draußen am Zaun war verlassen, als sie ankamen, die Gruppe hatte sich ins Innere des Camps zurückziehen können. Nun stifteten sie Chaos, wollten das Durcheinander nutzen, um unerkannt untertauchen zu können. Das zumindest dachten alle. Doch Amiri und seine Leute hatte noch anderes im Sinn, davon wussten ihre Verfolger zu diesem Zeitpunkt allerdings noch nichts.

„Das Feuer haben Amiris Leute gelegt, das ist mal klar!", regte sich Melina auf.

„Und natürlich die Schule! Gleich noch ein politisches Statement setzen. Bloß keine Bildung für die Kinder! Verdammter Hurensohn ...!"

So hatte Pergmann sie noch nicht erlebt. Melina war auf hundertachtzig. Kosta Leandros, der Kommissar, machte den Fehler, ihren Einwurf abzutun, indem er sagte:

„Ach kommen Sie, das ist doch Augenwischerei, das nützt doch den Kindern hier nichts. Für was soll das gut sein?"

„Sind Sie irre, Mann?", fuhr ihn Melina an, während sie im Laufschritt durch den matschigen Boden mühsam vorwärts liefen. Seit Tagen nieselte es, alles war aufgeweicht, die mit Müll aufgefüllten Gräben zwischen den Zelten begannen allmählich modrig zu stinken. Es war jetzt Anfang März und nicht mehr so kalt, was einerseits gut war, andrerseits hatte die Kälte vorher den Gestank zurückgehalten. Sie musste den Müllentsorgern Beine machen, schoss es Melina durch den Kopf, bevor sie dem Kommissar vorwarf:

„Weil sie sowieso alle zurückgeschickt werden? Meinen Sie das? Für Sie sind das alles Verbrecher, oder? Na prima!"

„Ach hören Sie doch auf! Zum Diskutieren ist das nun wirklich nicht der richtige Zeitpunkt. Los jetzt, wir müssen sie finden, bevor sie noch mehr anrichten ...!"

Während dessen stürmten Amiri und neun seiner verbliebenen Männer durch das Camp. Sie wussten, dass die Kripo und der MSD hinter ihnen her waren, doch das kümmerte sie im Moment wenig. Zuerst wollten sie Masud fertigmachen, einer von Amiris Spitzeln im Camp hatte ihn entdeckt und das gleich gemeldet. Natürlich waren sie alle scharf auf die fünfzigtausend Euro Kopfgeld, die Garidis auf Masud ausgesetzt hatte, aber Masud hatte auch sie betrogen, hatte ihr Geschäft mit seinen Aktionen gefährlich öffentlich werden lassen. Was jetzt darin gipfelte, dass man sie verhaften wollte. Nein, sie jagten Masud nicht nur für Garidis und sein Geld, sie selbst hatten eine Rechnung mit ihm offen. Wenn sie ihn dann erledigt hätten, wollten sie sich trennen und jeder für sich alleine erst einmal in der riesigen Zeltstadt unerkannt untertauchen. So nach und nach dann würden sie versuchen, nach Athen oder Thessaloniki zu gelangen, um dort wieder mit dem Garidis-Clan zusammenarbeiten zu können. Denn hier auf Lesbos war es schwierig geworden, ihren Geschäften nachzugehen – besonders seit diese Sozial-Tussi das erste Mal im Lager aufgetaucht war – und dann natürlich seit Masud Garidis in Thessaloniki niedergestochen hatte. Wegen ihrer Verfolger machten sie sich keine Sorgen. Wie sollten die sie denn finden in dem Gewirr, wenn sie sich erst mal getrennt hatten? Sie fühlten sich sehr sicher, während sie sich rücksichtslos einen Weg durchs Camp bahnten, Menschen zur Seite drängten, Frauen und Kinder in den Dreck stießen. Doch das war ein großer Fehler. Sie rechneten einfach nicht damit, dass sie bei den Camp-Bewohnern so gar keinen Rückhalt hatten, keinerlei Ansehen genossen. Sie hatten Angst verbreitet, mit Drohungen und Schlägen die zum Stillhalten gezwungen, die sich gegen sie stellen wollten. Gerade die Älteren waren das, Mütter und Väter, die sich um ihre Kinder sorgten, um die Söhne, denen Amiris Bande Drogen verkaufte oder sie damit gefügig machte, für sie zu arbeiten, falls sie kein Geld auftrieben. Diese Leute hassten

Amiri und sie waren es, die jetzt dafür sorgten, dass Leandros und Petridis mit ihren Männern Amiri und seinen Schergen immer näher kamen. Dass Melina Tsarpos auch zu den Verfolgern gehörte, war ein weiterer Ansporn, zu helfen. Sie wurde von den allermeisten Camp-Bewohnern geschätzt und genoss große Zuneigung. Hier ein Zuruf, dort ein gehobener Arm, ein Kopfnicken in die richtige Richtung und bald war die Gruppe den Gangstern dicht auf den Fersen.

Masud wusste nichts von alldem. Er hielt sich nach wie vor bei der irakischen Familie auf, war wieder zu Kräften gekommen und heckte einen verrückten Plan aus, um Alexia zurückzubekommen. Er glaubte tatsächlich noch an diese Möglichkeit, doch nur sein anhaltender Kokain-Konsum hielt dieses Hirngespinst am Leben. Dass er entdeckt und an Amiri verraten worden war, hatte er nicht mitbekommen. Auch die Iraker, die ihn aufgepäppelt hatten, wussten davon nichts. Sie wussten überhaupt nichts von seiner Geschichte. Für die war er nur ein armer Schlucker, der alleine hier in Moria gestrandet war. Masud hielt sich gerade außerhalb des Zeltes auf, kam von den Latrinen zurück. Er hatte sogar geduscht, es gab diesen Morgen tatsächlich mal wieder ausreichend Wasser dafür, was nicht sehr oft vorkam. Da galt es schnell zu sein. Er hatte es geschafft, deshalb war er jetzt gut gelaunt und richtete sich fröhlich pfeifend seine inzwischen recht langen Haare. Endlich hatte er sie waschen können, seit Tagen juckte es ihn am Kopf, jetzt nach der Wäsche war es besser. Plötzlich hörte er lautes Rufen und Geschrei, er drehte sich um und sah Mustafa Amiri mit einigen seiner Männer aus einer Zeltgasse hervorbrechen und auf ihn zu stürmen. Ein paar hatten Messer gezückt, andere, auch Amiri, hielten Pistolen in den Händen. Nur noch wenige Meter trennten sie von ihm. Masud erstarrte vor Schreck, Amiri hob seinen Arm, legte auf ihn an, doch in dem Moment tauchten von zwei Seiten her Uniformierte auf, Leute vom Sicherheitsdienst und einige Polizisten. Zu seinem Erstaunen erkannte Masud unter den Leuten Kris Pergmann, an seiner Seite eine kleine, drahtige Frau, die hatte er schon mal im Camp gesehen. Komischerweise registrierte er ihre eigenartige Frisur, etwas verstrubbelt, irgendwie blond mit schwarzen Strähnen. Sollte diese Frau das letzte sein, was er in seinem Leben sah? Er rechnete jeden Augenblick mit dem Einschlag der Kugel, die Amiri auf ihn abfeuerte, doch auf einmal riss ihn jemand zu Boden, einer der Söhne des alten Irakers hatte blitzschnell gehandelt und Masud damit aus der Schusslinie gebracht.

„Waffen runter! Bleibt stehen, Hände nach oben!" Kommandos wurden gebrüllt, auf Griechisch und Englisch, drei Soldaten packten Amiri und zogen ihn zu Boden.

„Hey, da ist ja Masud!", rief Pergmann und zeigte in seine Richtung. „Was tut der denn hier?"

„Bist du sicher?", fragte Melina verblüfft. „Eigentlich hatte ich gehofft, der sei längst über alle Berge …"

Schnell ging sie zu Kommissar Leandros.

„Kommissar! Da drüben ist dieser Masud, ihr Attentäter aus Thessaloniki!"

Leandros lief los, zwei Beamte folgten ihm, Masud hatte sich derweil hochgerappelt und rannte los, lief mitten durch das Zelt der Iraker, riss es ein, alles stürzte in sich zusammen, der Kommissar und seine Leute verhedderten sich in den Schnüren, Masud krabbelte geschickt auf der anderen Seite heraus und verschwand im Gewirr der Menschen, die sich inzwischen in großer Zahl angesammelt hatten. Er rannte kreuz und quer, bis ihm die Lunge brannte, irgendwie schaffte er es raus aus dem Camp. Er schleppte sich weiter, bis er sich in Sicherheit wähnte, dann verkroch er sich in einem Dickicht aus Sträuchern und Dornengestrüpp am Rande der Straße nach Mytilini. Er verhielt sich mucksmäuschenstill bis zum Abend. Bis die Dunkelheit anbrach. Zum Glück hatte er die dicke Jacke an gehabt, als am Vormittag der Überfall stattfand. Die hatte er von den Irakern bekommen. Trotzdem war ihm scheißkalt. Er zitterte vor Kälte als er sich schließlich nach Mytilini aufmachte. Er brauchte dringend Stoff. Seine Tüte mit dem restlichen Koks lag unter einem Baum vergraben im Camp. Dahin zurück konnte er nicht mehr. Wenigstens hatte er noch einiges an Geld übrig. Das hatte er immer bei sich am Körper versteckt gehalten. Das würde er jetzt brauchen in der Stadt. Er hatte ja was vor. Dafür würde es gerade noch reichen. Und danach? Da würde er mit einem Flugzeug in Tripolis landen.

Mit jeder Menge Geld. Und mit Alexia. Er kicherte wie irre, während er daran dachte. Einen guten Plan hatte er. Niemand konnte ihn jetzt noch aufhalten. Wenn es schon Amiri und die Polizei nicht geschafft hatten … Im Laufschritt tippelte er in die Stadt.

26 – Masud will Alexia zurück

Nachdem bekannt war, dass sich Masud wieder auf der Insel aufhielt, fahndete die Polizei intensiv nach ihm. Doch er blieb wie vom Erdboden verschluckt. Das einzige, was sie rausbekommen hatte war, dass er sich in der Stadt mit Stoff versorgt hatte, den Dealer hatten sie bei einer Razzia geschnappt. Mustafa Amiri und seine Gang, zumindest der Teil, der bei der Jagd auf Masud im Camp Moria dabei war, waren verhaftet worden, doch es war zu befürchten, dass sich weitere Gefolgsleute Garidis auf dem Weg nach Lesbos befanden oder sogar schon da waren. Die würden nicht aufgeben, weiter nach Masud zu suchen, um ihm den Garaus zu machen. Die Polizei wollte das unbedingt verhindern und war bemüht, Masud dingfest zu machen, bevor ihn Garidis Killer erwischten. Am Abend des dritten Tages nach der Aktion im Camp erhielt Alexia einen Anruf. Mit unterdrückter Nummer. Das mochte sie gar nicht, doch sie hob ab, weil sie dachte, vielleicht wäre es eine Nachricht von Kommissar Leandros oder einem der Beamten, die inzwischen die Pension Tanidis bewachten. Aufgrund der Vorkommnisse schien es den Verantwortlichen dann doch notwendig gewesen, diese Maßnahme zu ergreifen.
„Hallo, hier Alexia Tanidis. Was gibt es?"
Eine ganze Weile meldete sich niemand, Alexia wollte schon auflegen, doch dann überlegte sie es sich. Plötzlich war sie sich ganz sicher und fragte:
„Masud? Du bist es, ja? Sag was!"

Jetzt antwortete Masud:

„Ja, ich bin es, *Matia mou* ... Hör bitte genau zu – was ich dir jetzt sage, ist sehr wichtig für uns! Wir ...", da unterbrach ihn Alexia unwirsch:

„Sag mal, spinnst du? Du rufst hier an, nach allem, was passiert ist? Und nennst mich deinen Augenstern? Geht's noch? Du läufst Amok, wegen dir ist Nikos gestorben! Und Yiannis auch beinahe! Masud, stell dich, das ist noch das einzige, was du tun kannst! Sonst überlebst du das nicht. Aber weißt du was? Eigentlich ist mir das egal ... Also lass mich in Ruhe!"

„Alexia! Alexia, hör mir zu! Nur kurz ... Alles wird gut, wenn du mir jetzt zuhörst!"

Sie wollte das Gespräch beenden, doch irgendwas in Masuds Stimme ließ sie aufhorchen, alarmierte sie. „Also gut, mach's kurz, was hast du vor?", fragte sie.

„Alexia, Liebes ..."

„Nenn mich nicht so! Das ist vorbei, kapierst du das nicht?", zischte Alexia ins Handy, doch Masud ging gar nicht darauf ein. Die Sätze, die er nun sprach, ratterte er wie auswendig gelernt herunter, atemlos und überdreht. Alexia traute ihren Ohren nicht.

„Pass auf, komm morgen Nachmittag um vier Uhr zum Flughafen. Dort treffe ich dich, warte einfach am Strand vor den Terminals. Ich komme zu dir, dann gehen wir zusammen ins Gebäude und du spielst meine Geisel. Ich habe eine Waffe, eine Magnum habe ich gekauft. Um die Zeit startet ein Flieger nach Deutschland. Die Maschine entführen wir. Mit dir als Geisel marschieren wir einfach übers Rollfeld und steigen ein. Ich sage, ich bin ein Gotteskrieger, ein Islamist, das funktioniert immer. Dann fordern wir Geld von der deutschen Regierung. Die zahlen, weil sie wollen, dass nichts passiert. Dann fliegen wir zusammen nach Tripolis. Dort werden wir dann leben. Als angesehene Leute. Die Leute vom IS werden uns feiern und sie werden noch viel mehr Geld von den Deutschen bekommen für die ganzen Touristen, die wir entführt haben. Und wir sind endlich wieder zusammen! Für immer! Ist das nicht ein toller Plan? Alexia, freu dich, du und ich!"

Alexia war schockiert. Was Masud da von sich gab, war so verrückt, er musste total durchgeknallt sein. Und von wegen Touristen. Es war Winter, da gab es keine Touristen, die zurück nach Deutschland flogen. Das reimte er sich alles nur zusammen, da stimmte nichts mehr. Vorsichtig fragte sie:

„Und wenn ich nicht mitspiele? Wenn ich nicht mit dir nach Libyen will?"

Einige Sekunden verstrichen, sie hörte nur seinen schnellen Atem. Schließlich meldete er sich wieder. Mit harter, schneidender Stimme sagte er: „Ohne dich habe ich nichts mehr zu verlieren. Dann werde ich das Flugzeug ins Meer stürzen lassen. Also komm besser morgen dorthin!"

Damit legte er auf. Alexia lief es eiskalt den Rücken hinab. Sie hatte gespürt, Masud meinte das wirklich ernst, der wollte tatsächlich ein Flugzeug entführen! In ihrem Gehirn ratterte es. Erst konnte sie keinen klaren Gedanken fassen. Wen zuerst informieren? Was sollte sie tun? Sie rief Yiannis an. Als sie ihm erzählte, was Masud vorhatte, fing er zu lachen an und meinte:

„Masud als Dschihadist? Das ist ein Witz, Alexia! Oh, Mann, der ist ja völlig abgedreht! Und mit dir als Geisel will er den Flieger kapern? Der blufft doch nur, glaube ihm das bloß nicht …!"

„Yiannis, bitte! Ich hab mit ihm gesprochen, der meint das ernst. Wie er geklungen hat, als er gesagt hat, er lässt die Maschine abstürzen … mich friert jetzt noch! Yiannis, sorry, jetzt brauche ich dich schon wieder, aber ich weiß nicht, was ich machen soll?"

„Na, du hast mich vor ein paar Tagen zu deinem Bruder gemacht, also scheue dich nicht, mich anzurufen, wenn du Hilfe brauchst! Wozu sind Brüder da?" Er lachte wieder.

„Mach dich nicht lustig, Yiannis! Was machen wir denn jetzt?"

„Okay, pass auf. Du hast Recht. Er hat diese Drohung wirklich ausgesprochen, also bleibt uns gar nichts anderes übrig, als diesen Kommissar Leandros zu informieren, der soll dann entscheiden, wie er damit umgeht. Aber wir fahren da morgen auch hin. Ich sag Kris noch Bescheid. Vielleicht erwischen wir ihn ja vorher und können ihn dazu bringen, sich zu stellen. Die knallen den ab, wenn er wirklich eine Waffe hat!", ergänzte Alexia seinen Satz.

27 – Am Flughafen

Am Mittag des nächsten Tages machten sich Alexia Tanidis, Yiannis Fitos und Kris Pergmann auf den Weg nach Mytilini. Melina Tsarpos wollte später zusammen mit Kommissar Kosta Leandros nachkommen. Zuvor hatten sie noch in Moria zu tun. Der Kommissar war noch immer mit der Aufarbeitung der Drogenszene im Camp befasst. Nach Amiris Verhaftung trauten sich die Bewohner wieder darüber zu sprechen und mit Melina Tsarpos Hilfe erfuhr er viele Details und Hintergründe, die zu weiteren Verhören Verdächtiger und zu Verhaftungen führten. Sie waren einem weitgefächerten Netzwerk auf der Spur, das Lager auf Lesbos war nur ein kleines Puzzleteil, aber selbst hier und im näheren Umfeld des Camps fanden sie schnell mehrere Dutzend Personen, die an dem Drogenring beteiligt waren. Allerdings waren darunter auch etliche ganz kleine Fische, jugendliche Söhne von Flüchtlingsfamilien aus dem Camp, und für die setzte sich die Tsarpos bei Kommissar Leandros ein, damit er bei denen ein Auge zudrückte und es bei Ermahnungen beließ, falls sie sich bereit erklärten, zu kooperieren. Was nichts anderes bedeutete, als dass sie seine Informanten wurden. Was aber auf jeden Fall besser war, als im Knast zu landen und schnell abgeschoben zu werden. Den Familien ersparten sie dadurch viel Leid, die waren froh, dass ihre Schützlinge bleiben durften und versprachen, in Zukunft ein Auge darauf zu haben, dass sie nicht mehr auf die schiefe Bahn gerieten. Im Zuge der Ermittlungen erwies sich der Kommissar deutlich zugänglicher und verständnisvoller für die Probleme der Menschen im Camp als ihm das Melina Tsarpos noch vor einigen Tagen zugetraut hatte. Inzwischen waren sie ein richtig gutes Team geworden und Leandros wollte auf seinen sozialen Beistand – wie er die Tsarpos scherzhaft nannte – nicht mehr verzichten. Daher kam es, dass sie nun gemeinsam zu dem Treffpunkt in der Nähe des Flughafens fuhren. Der Flughafen liegt circa acht Kilometer außerhalb Mytilinis in südlicher Richtung, direkt am Meer, ein kleiner, überschaubarer Flughafen mit nur einer Zufahrtsstraße, an deren Rändern die Besucher und Passagiere parkten. Sie hatten sich einige hundert Meter entfernt vor dem Gebäudekomplex verabredet und ihre Fahrzeuge einfach zu den schon geparkten dazugestellt. Außer Kommissar Leandros fanden sich noch zehn seiner Beamten ein – darunter zwei Scharfschützen – und vier Männer des Sicherheitspersonals des Flughafens, die in ständigem Kontakt zu ihren Leuten im Terminal standen. Alle waren in zivilen Fahrzeugen und ohne Uniformen gekommen, um keinen Verdacht zu erregen. Die Lage war angespannt, da keiner wusste, was geschehen würde, ob überhaupt irgendetwas an der Geschichte dran war. Als sich am Abend zuvor Alexia und Yiannis bei Kommissar Leandros gemeldet und ihm erzählt hatten, was Masud unter Umständen für diesen Tag geplant hatte, war der zunächst äußerst skeptisch.

Doch er hatte keine andere Wahl, als den Ernstfall anzunehmen, zusätzlich überzeugte ihn die junge Tanidis mit ihrer eindringlichen Schilderung des Telefonats. Schließlich kannte sie ihn, die beiden waren ein Paar gewesen. Dass die Beziehung zu Ende war, wollte dieser Masud anscheinend nicht akzeptieren und hoffte, so seine Freundin mit dieser verrückten Aktion zurückzuerobern. Wer war der eigentlich? Aus Libyen kam er, hatte ihm die Tanidis erzählt. Und sonst? Ein Flüchtling? Asylsuchender? Nein, er wurde als Schlepper festgenommen, hatte gedealt, seinem Boss Garidis Koks geklaut und ihn dann auch noch niedergestochen. Dass der jetzt im Rollstuhl saß, tat Kosta Leandros nicht wirklich leid, aber natürlich war es ein Mordversuch und ein weiterer Grund, diesen Masud endlich festzunehmen. Bevor er noch mehr Unheil anrichtete in seinem Wahn. Ob er nun tatsächlich vorhatte, ein Flugzeug zu kapern, blieb fraglich, doch auf jeden Fall war es eine gute Gelegenheit, ihn aus dem Verkehr zu ziehen.

Alexia spielte wie abgemacht den Lockvogel. Mit ungutem Gefühl. Sie ging runter zum Meer, der Strand war nur ein paar Meter von der Straße entfernt und spazierte auf und ab. Es hatte leicht zu regnen begonnen, weit draußen beobachtete sie, wie sich dicke, schwere Wolken zusammenfanden und zu einer dunklen Wand auftürmten. Das sah nach einem Unwetter aus. Auch das noch ... Leandros Leute hatten sich verteilt, einige saßen in ihren Autos, andere hielten sich zwischen den Fahrzeugen versteckt. Die zwei Scharfschützen hatten auf der gegenüberliegenden Straßenseite Stellung bezogen. In hundertfünfzig Metern Entfernung zum Strand, etwas erhöht, von einem flachen Hügel aus, hatten sie ein gut einsehbares Schussfeld für einen möglichen Einsatzbefehl. Yiannis, Kris und Melina warteten abseits der Einsatzkräfte in Yiannis' altem Pickup, der wieder notdürftig repariert worden war. Leandros hatte ihnen eingeschärft, sich unter allen Umständen herauszuhalten, egal, was auch geschehe. Am liebsten wäre ihm gewesen, sie hätten noch viel weiter weg geparkt, doch dagegen hatten die drei protestiert. So warteten alle, der Regen wurde langsam stärker. Dann näherte sich vom Flughafen her, auf der Strandseite, ein Jogger. Trainingshose, Turnschuhe, Regenponcho mit Kapuze. Er hielt auf Alexia zu. Natürlich gab es auch auf Lesbos solche fanatischen Menschen, die bei jedem Wetter ihr Laufpensum absolvierten, aber das war doch schon sehr ungewöhnlich. Außerdem lief der Mann auch nicht richtig. Es war eher ein Tippeln, dann ging er wieder einige Schritte, blieb sogar stehen, schaute sich um. Jetzt ging Alexia auf ihn zu. Das sollte sie tun, sobald sie ihn eindeutig erkannt hätte. Sie hatte ihn erkannt. Es war Masud. Er wollte sie umarmen, doch sie wich zurück. Da zog er die Waffe, Leandros erkannte sofort, dass es sich dabei tatsächlich um eine Magnum handelte, wie Alexia es angekündigt hatte. Dass sie echt war, konnte er nicht mit Sicherheit ausschließen, deshalb hob er die Hand als Zeichen für die Scharfschützen. In dem Moment kam ein Wagen herangerast, aus Richtung der Stadt, ein dunkelgrauer Espace, mit hohem Tempo fuhr er an den parkenden Autos vorbei, die hintere Fensterscheibe auf der Fahrerseite senkte sich, der Lauf einer Halbautomatik mit Schalldämpfer wurde sichtbar. Der Fahrer wechselte auf den linken Fahrstreifen, bremste abrupt ab. Jetzt befand sich der Wagen auf Höhe der beiden am Strand, vielleicht fünfundzwanzig Meter weit weg, sie schauten zu dem Fahrzeug, zuerst erstaunt, dann entsetzt, als sie kapierten, was da vor sich geht. Alexia warf sich nach hinten zu Boden, Masud drehte sich weg, stolperte. Kommissar Leandros hatte die neue Lage sofort erkannt, blitzschnell gab er seinen Schützen den Schießbefehl und auch die anderen Polizisten reagierten augenblicklich. Beinahe gleichzeitig mit dem mehrmaligen Ploppen der schallgedämpften Waffe bellte eine ganze Reihe von Schüssen auf, der Wagen der Angreifer wurde regelrecht durchsiebt von Kugeln. Funken stieben hoch, Benzin sprudelte aus dem getroffenen Tank und fing sofort Feuer. Binnen Sekunden stand das Auto in Flammen, vom Flughafen her kamen mit heulenden Sirenen zwei Löschfahrzeuge angefahren und erstickten den Brand schnell mit ihren Schaumkanonen. Die Beamten umstellten das Fahrzeug, rissen die Türen auf und zogen drei Männer aus dem qualmenden Inneren. Sie waren alle tot. Melina, Kris und Yiannis hatten, nachdem die Schießerei vorüber war, den Pickup verlassen und rannten zu Alexia, die am Strand lag und ihren rechten Fuß hielt. Sie befürchteten, sie sei getroffen worden, doch sie winkte gleich ab und rief: „Bin nur umgeknickt! Nichts passiert … Aber Masud, wo ist der?"

Masud hatte der Killer auch verfehlt, nur die erste Kugel flog in seine Richtung, die übrigen gingen in den wolkenverhangenen Himmel, da hatten ihn schon die ersten Geschosse der Polizisten erreicht und vermutlich bereits getötet. Danach, in dem ganzen Durcheinander war niemandem aufgefallen, dass Masud ans Ufer gelaufen war, sich die Jacke ausgezogen hatte und nun ins offene Meer hinaus schwamm. Obwohl es mittlerweile in Strömen regnete, war die See relativ ruhig, es war beinahe windstill. So gelang es selbst ihm als wenig geübten Schwimmer, relativ zügig voranzukommen. Gut fünfzig Meter war er vom Ufer weg, als Alexia und die anderen ihn entdeckten. Auch Kommissar Leandros war jetzt mit ein paar seiner Leute unten am Strand angekommen. Verwundert schauten sie dem Libyer nach.

„Was zum Teufel macht der da?", fragte Leandros.

Alexia, von Yiannis gestützt, stand knietief im Wasser und schrie Masud hinterher:

„Komm zurück! Wo willst du denn hin? Masud!"

Auch Melina und Kris riefen nach ihm, Leandros hatte sein Handy am Ohr und befahl hektisch den Einsatz eines Polizeibootes.

Masud hatte die Rufe gehört, drehte seinen Körper halb zum Strand und rief zurück:

„Leb wohl, meine ...! Ich ... nach Haus ..." Mehr war nicht zu verstehen, der prasselnde Regen verschluckte seine Worte.

Alexia versuchte sich von Yiannis loszumachen, offensichtlich wollte sie hinterher schwimmen, doch er hielt sie zurück:

„Das schaffst selbst du nicht, Alexia, du hast einen kaputten Fuß!", schrie er sie an und schüttelte sie. Alexia schluchzte und rief:

„Der will sich umbringen! Das geht nicht! Wir müssen doch was tun!"

Nun machte Kris Pergmann Anstalten, seine Kleider auszuziehen, um hinauszuschwimmen, doch jetzt griff der Kommissar ein und gebot ihm Einhalt: „Stop! Keiner schwimmt hinaus, machen Sie keinen Blödsinn! Es wird gleich ein Boot kommen und ihn rausfischen ...",

„aber bis das kommt ...,", fiel ihm Pergmann ins Wort, doch Leandros reagierte unmissverständlich: „Sie bleiben hier! Das befehle ich Ihnen, hören Sie? Sie können nichts tun, außer sich selbst gefährden. Bei der Wassertemperatur ... Selbst wenn Sie ihn einholen, er will sich nicht retten lassen und wird Sie mit runter ziehen, ist Ihnen das klar, Mann?"

Natürlich wussten sie, dass er Recht hatte, doch die Erkenntnis, dass da draußen ein Mensch absichtlich in den Tod schwamm, war einfach zu schockierend, um vernünftig zu bleiben. Aber sie konnten nichts tun, es war zu gefährlich. Keiner sagte etwas, nur Alexias haltloses Schluchzen war zu hören. Alle blickten hinaus aufs Wasser, das jetzt doch anfing, wellig zu werden, Wind kam auf. Von Masud war nichts mehr zu sehen. Dichte Regenschleier machten es unmöglich, weiter nach ihm Ausschau zu halten.

28 – Die Tage danach

Im Laufe der folgenden Ermittlungen klärte sich, wer die Angreifer waren und woher sie wussten, dass sie Masud an diesem Nachmittag dort am Strand finden würden. Kommissar Leandros gelang es, den Typen hochzunehmen, der Masud die Magnum verkauft hatte. Die stellte sich im Übrigen als Schreckschusswaffe heraus, was Leandros schon vermutet hatte. Eine echte hätte Masud nicht mehr bezahlen können, das meiste Geld war für Koks, Ecstasy-Pillen und Speed drauf gegangen. Die Attrappe hatte er mit seinen letzten Scheinen bezahlt. Der Waffenhändler erzählte, Masud sei dermaßen drauf gewesen, dass er ihm voller Stolz und Vorfreude haarklein sein Vorhaben schilderte und ihn ständig damit nervte, dass er seinen Plan als großartig loben sollte. Dann prahlte dieser Trottel auch noch mit dem Anschlag auf Garidis. Der Typ sei völlig abgedreht gewesen und er war froh, als er ihn endlich hatte abwimmeln können. Er ist dann gleich zu den Leuten gelaufen, von denen er wusste, dass sie im Auftrag Garidis auf der Insel waren und hat ihnen die Information verkauft. Allerdings haben die ihm nur eine kleine Summe gegeben, den Rest hätte er bekommen, wenn sie Masud erwischt hätten.

Der Händler plauderte auch sofort die Namen der Kontaktleute aus, er hoffte, dadurch billiger davonzukommen. So gelang es der Kripo, weitere fünf Mitglieder des Netzwerkes um Garidis festzusetzen, was den Clan zusätzlich in Bedrängnis brachte. Für Garidis Geschäfte bedeutete das alles einen herben Rückschlag, ihn selbst brachte es zwar nicht ins Gefängnis, aber viele seiner dubiosen Partner – auch etliche der politischen Kontakte aus der rechten Szene – zogen sich zurück, die Verbindung zu ihm galt als verbrannt. Außerdem erwischte es ein paar wichtige Leute aus dem inneren Kreis seines Kartells, sogar einer seiner Söhne musste für einige Jahre hinter Gitter.

Das Polizeiboot, das Kommissar Leandros angefordert hatte, fand keine Spur von Masud, traf aber nur wenige hundert Meter entfernt von der Stelle, an der er zuletzt gesehen wurde, auf ein Schlauchboot mit achtundzwanzig Flüchtlingen. Es waren dieses Jahr die ersten Bootsflüchtlinge, die bei dem relativ ruhigen Seegang der letzten Tage die Überfahrt von der Türkei aus gewagt hatten. Bis auf vier Frauen waren alles Männer, sie waren komplett durchnässt und durchgefroren. Der Kapitän der Polizeibarke geleitete sie ans Ufer, das hier sehr flach auslief und mit dem Schlauchboot problemlos anzulanden war. Er informierte die zuständigen Stellen und auch gleich den Rettungsdienst, da die Menschen augenscheinlich in schlechtem Zustand waren und schnell versorgt werden mussten. Sie wurden in mehreren Fahrten mit Sanitätsfahrzeugen ins Krankenhaus nach Mytilini gebracht.

Kris Pergmann und Melina, natürlich auch Yiannis kümmerten sich die nächsten Tage um Alexia, die nach dem Vorfall am Strand völlig aufgelöst war und sich die Schuld am Tod Masuds gab. Sie hatte sich von ihm getrennt, liebte ihn nicht mehr, er hatte sich so verändert, dass sie wirklich nichts mehr mit ihm zu tun haben wollte. Trotzdem fühlte sie sich nun ein Stück weit verantwortlich dafür, dass er so enden musste. Hätte sie sich mehr für ihn einsetzen sollen, ihn von den Drogen abhalten sollen? Wenn sie mit nach Thessaloniki gegangen wäre, vielleicht hätte sie ihm das Attentat ausreden, ihn zum Aufgeben überreden können. Auch verzieh sie sich nicht, wie schwach sie selbst gewesen war, dass sie überhaupt bei den Drogen mitgemacht hat. Ganz am Anfang, ja, da hätte sie noch alles in eine andere Richtung drehen können. Da war Masud noch ein anderer, ein toller Mann, in den sie sich verliebt hatte. Und Nikos, auch der Tod ihres Bruders machte ihr zu schaffen, jetzt hatte sie nach ihren Worten zwei Menschen auf dem Gewissen. Das waren ihre Gedanken, die sie mit ihren Freunden immer und immer wieder diskutierte, bis die es nach einigen Tagen endlich schafften, sie wieder aufzurichten, sie die Geschehnisse in der richtigen Ordnung sehen zu lassen und sie aus der moralischen Sackgasse zu holen, in die sie sich in ihrem Schmerz hinein manövriert hatte. Sie beschlossen gemeinsam, Masud mit einem kleinen Ritual endgültig zu verabschieden. Genau an der Stelle, wo er ins Wasser gegangen war.

29 – Abschied

Das Meer lag ruhig und träge vor ihnen, als die vier, Alexia, Yiannis, Melina und Kris, an einem Sonntag den Ort nahe des Flughafens besuchten, an dem vor etwas mehr als einer Woche die Dinge ihren dramatischen Verlauf nahmen. Über die Insel wehte ein leichter Westwind und hielt die wenigen Wellen, die ans Ufer rollen wollten, in Schach. Sogar die Sonne ließ sich immer wieder mal zwischen den hohen weißen Wolkenfeldern blicken. Jetzt, Mitte März, war es bei weitem nicht mehr so kalt wie noch vor vierzehn Tagen, als in der fahlen, eiskalten Morgendämmerung Alexias Bruder Nikos zu Tode gekommen war. Auch für ihn hatten sie heute eine Rose dabei. Auch ihn wollten sie auf diese Weise verabschieden. Die Beerdigung auf dem kleinen Friedhof hinter der Kapelle des Heiligen in Agios Issidoros war nicht Alexias Sache gewesen, das Gejammer der alten Weiber, die vielen Leute, danach die Lobreden auf ihren Bruder, vieles fühlte sich falsch an. Überhaupt nur wegen ihrer Eltern hatte sie das ausgehalten. Zum Glück hatte Yiannis sie begleitet und gehalten. So wie er es heute auch tat. Er war jetzt ihr Fels in der Brandung, ihr neuer Bruder. Nach der Nacht mit ihm, die so schmerzvoll und schön zugleich war, kam er gleich am Vormittag zu ihr, nahm sie in den Arm und versprach ihr, von nun an der zu sein, den sie sich wünschte. Was sie geschrieben hatte, betrübte ihn einerseits sehr, bedeutete es doch das Ende seiner jahrelangen Hoffnung auf eine Liebe mit ihr, andererseits gab sie ihm damit aber auch die Chance auf ein neues Leben außerhalb der Scheuklappen seiner unerfüllten Sehnsucht. Dafür dankte er ihr sogar und sie spürte in dem Moment, dass es ihm ernst war, dass er ihre Entscheidung, ihren Wunsch respektierte und sie von nun an als seine Schwester im Herzen tragen würde. Nach den Wirren der letzten zwei Wochen fühlte sie an diesem Sonntagmittag großen Frieden in sich, sie war glücklich neben Yiannis zu stehen und auch ihren alten Freund Kris Pergmann neben sich zu wissen. Sie sah zu ihm hinüber, doch ihr Blick blieb erstmal bei Melina Tsarpos hängen, sie lächelten sich an und beide wussten, dass sie Freundinnen werden würden.

Sie gingen hinunter zum Wasser, jeder mit zwei Rosen, eine für Masud und eine für Nikos. Dann warfen sie die Blumen hinein und der Wind trieb sie hinaus ins offene Meer.

30 – Koma

Der Oberarzt und die Schwester arbeiteten fieberhaft an dem zitternden Flüchtling, den man ihnen in den Behandlungsraum geschoben hatte. Ständig drohte er weg zu kippen, hatte Schüttelfrost, der Patient verhielt sich wie im Delirium. Sie hatten einen Zugang gelegt, er bekam Schmerzmittel und eine Salzlösung, der Arzt hörte ihn ab, fand seinen ersten Verdacht bestätigt:

„Der Junge hat eine Lungenentzündung, das dachte ich mir … Aber dem fehlt noch was ganz anderes. Sehen Sie sich mal seine Pupillen an … und die Armbeuge. Der Typ ist komplett breit, das ist ein Junkie! Schwester, holen Sie mir den Kollegen aus der Anästhesie, wir legen den mit Substitution ein paar Tage ins Koma. Sonst kriegt er Probleme! Schnell!"

Nach wenigen Minuten kam die Schwester mit dem Anästhesisten zurück, der sah ihn sich kurz an und meinte: „Kriegen wir hin. Der bekommt jetzt einen schönen Cocktail. Clonidin, Dihydrocodein hab ich da, was für seine Muskelkrämpfe und Loperamid, damit er euch nicht das Bett verscheißt …". Er lachte, dann zeigte er auf den Kopf des Patienten und fragte: „Wer hat dem armen Kerl den Kopf geschoren? Und den Bart? Tun Sie da mal ein paar Pflaster drauf, Schwester."

Während die Schwester dem Mann die Schnitte verpflasterte, antwortete sie:

„Das war Schwester Katarina, Doktor. Der hatte lauter Läuse und wenn so einer reinkommt, macht sie kurzen Prozess. War letzten Sommer schon so, sie hat nicht viel übrig für diese Menschen, wenn ich das mal so sagen darf ...".

„Na, mit der Dame werde ich wohl ein paar Takte reden müssen. Das geht ja gar nicht. War er bei Bewusstsein? Hat sie denn gefragt?", hakte jetzt der Oberarzt nach, der gerade die Apparatur für die Koma-Überwachung ans Bett schob.

„Ja, hat sie. Da war er noch ansprechbar. Ob er es verstanden hat, weiß ich nicht. Sie hat es mit Englisch versucht. Aber bitte sagen Sie ihr nicht, dass Sie das von mir gehört haben, was ich über sie gesagt habe..."

„Keine Angst, Schwester. Aber danke für Ihre Offenheit. So, jetzt sind wir soweit. Legen wir ihn schlafen! Ich denke, in vier, fünf Tagen können wir ihn wieder holen."

Masud träumte. Die letzten Stunden zogen an ihm vorbei wie ein Film.

Er hatte Alexia am Strand getroffen, sie war wirklich gekommen! Er wollte sie in den Arm nehmen, doch sie hatte nein gesagt. Sie war nur gekommen, um ihm zu sagen, er solle aufgeben, sich stellen. Sie hatte ihn verraten! Das war eine Falle. Plötzlich fielen Schüsse. Von überall her, schien es ihm. Aber er wurde nicht getroffen. Ein Auto ging in Flammen auf. Er rannte zum Wasser, sprang hinein, wollte nur weg hier. Auf keinen Fall hier sterben. Nicht vor den Augen Alexias. Lieber draußen im Meer. Ja, das war gut, er würde schwimmen, solange er konnte. Alexia hatte es ihm ja mal gezeigt, wie er besser schwamm. Er würde schon ein Stück weit kommen. Er denkt an seine Familie, an seine Heimat. Hinter sich hört er Rufe, er dreht sich, sieht Alexia winken. Er ruft zurück, so laut er kann: „Leb wohl, meine Liebe! Ich gehe jetzt nach Hause!"

Die Wellen werden stärker, vor lauter Regen sieht er kaum noch etwas. Immer öfter schluckt er Wasser. Es ist ihm egal. Ihm ist auch nicht mehr kalt. Ihm fällt das alte Kamel des Tuareg ein, mit dem sein Vater reich werden wollte. Dieser Dummkopf. Trotzdem war er sein Vater. Er lächelt. Dann denkt er an seine Mutter, tapfere Frau. Ich komme, Mutter! Er fühlt sich wohl. Schwimmt er überhaupt noch? Es wird immer dunkler. Plötzlich stößt sein Kopf an ein Hindernis, er reißt die Augen auf. Da ist die Bordwand eines Schlauchbootes. Hände strecken sich ihm entgegen, packen und zerren ihn an Bord. Menschen beugen sich über ihn, undeutlich sieht er ihre Gesichter. Sie sprechen ihn an, das sind keine Griechen, denkt er, das müssen Flüchtlinge sein! Sie reden durcheinander. Er versteht sie nicht. Hört kein Arabisch. Vielleicht sind es Afghanen. Jetzt sprechen sie Englisch. Was fragen sie? Was passiert sei? Masud kichert wie irre, dann wird er still. In seinem schlechtesten Englisch antwortet er: „Small Boat ... Accident! All dead ..." Dann wird ihm schwindelig, er fällt in eine Ohnmacht. Er ist in eine Goldfolie gewickelt, als er wieder zu sich kommt, liegt im grellen Neonlicht eines Stationszimmers. Zwei Krankenschwestern kümmern sich um ihn, die eine sagt auf Griechisch, dass sie ihm die Haare schneiden wird und auch der Bart muss ab. Er reagiert nicht, braucht keiner zu wissen, dass er sie versteht. Dann versucht sie es auf Englisch, dazu macht sie mit den Fingern Krabbel-Bewegungen über ihrem Kopf. Jetzt nickt er. Ja, er hat Läuse, schon seit einigen Tagen. Hat er sich bestimmt im Camp geholt. Sollen sie ihm doch die Haare wegmachen. Das ist gut, denkt er, das ist richtig gut! Jetzt schüttelt es ihn, ihm wird schlecht, doch er würgt nur etwas Schleim. Er hat Schmerzen, braucht dringend Nachschub. Durchhalten, denkt er, du musst durchhalten! Ich bin in einem Krankenhaus gelandet, sie werden mir helfen. Ich werde leben! Die andere Schwester kommt mit einem Schreibbrett zu ihm, fragt nach seinem Namen und woher er kommt. Masud sieht sie an – ganz klar mit einem Mal – und antwortet:

„My Name is Fawad. Fawad Skeif. Come from Syria." Das war der Name eines alten Kaffeehaus-Besitzers, den er in seiner Zeit als Bootsführer nahe der ägyptischen Grenze kennengelernt hatte. Spontan war ihm der in den Sinn gekommen. Er war tatsächlich Syrer. Jetzt schieben sie ihn in ein anderes Zimmer. Da ist ein Arzt, eine weitere Schwester und dann kommt noch ein Arzt dazu. Er fühlt sich elend, es schüttelt ihn ständig, ihm wird schwarz vor den Augen. Dann fliegt er davon, die Schmerzen verschwinden und eine tiefe Nacht umfängt ihn mit unendlicher Ruhe.

31 – Fawad

Masud saß in dem abgetrennten und bewachten Aufenthaltsraum der Klinik, der speziell für Migranten bereitgestellt worden war und rauchte. Sowieso glich die Klinik in großen Teilen einem Hochsicherheitstrakt, überall gab es Wachpersonal, viele waren bewaffnet. Die Zahl der zu behandelnden Geflüchteten war sehr hoch, tagtäglich wurden neue Fälle eingeliefert und anfangs hatten einige ihren Klinik-Aufenthalt zur Flucht genutzt. Die Tür öffnete sich und ein weiterer Mann, gefolgt von einem Polizisten, betrat den Raum. Man hatte ihm Handschellen angelegt. Musste ganz schön was auf dem Kerbholz haben, dachte Masud. Seine untere Gesichtshälfte und der Hals waren von Verbänden bedeckt, an manchen Stellen sickerte orange-gelbliche Desinfektionsflüssigkeit durch. Am Mund hatte man auf der rechten Seite eine kleine Stelle freigelassen, das sichtbare Stück Oberlippe zierte eine grobe Naht, durch die zwei Hautlappen zusammengehalten wurden. Vorsichtig klemmte sich der Mann eine Zigarette in das Loch, das sein Mund war, ging zu dem Tischchen mit dem Feuerzeug und versuchte, sie anzuzünden. Das Feuerzeug funktionierte nicht. Er klopfte damit kräftig auf den Tisch, doch es wollte noch immer nicht. Masud stand auf, ging zu ihm, nahm ihm das Feuerzeug aus der Hand und rieb es ein paarmal auf seinem Sweatshirt hin und her. Jetzt funktionierte es und er gab dem Mann Feuer.

„*Efaristo*", bedankte der sich. Er nuschelte, versuchte seine Lippen so wenig wie möglich zu bewegen. Beide setzten sich.

„*Apo pu isse?*", wollte er wissen.

Masud vermied es, Griechisch zu sprechen, in gebrochenem Englisch fragte er: „Please?"

„From where?", versuchte es der Mann nochmal.

„Syria", antwortete Masud. „I am from Syria ... Lot of war. Big Trouble."

„*Katalaveno* ... Understand. Asyl?", fragte der Mann weiter.

„Yes ... I hope."

„And after? Where you want?"

„Oh, maybe Sweden ... or Spain", antwortete Masud. Dabei lächelte er versonnen, als denke er an etwas sehr Schönes. Durch das geöffnete Fenster wehte ein warmer Wind vom Meer her. Zum ersten Mal. Der Winter war vorbei.

griechische Ausdrücke:

Chimonas	-	*Winter*
Malaka	-	*Wichser*
Agapi mou	-	*mein Liebling*
Volta	-	*Spaziergang, Runde*
Signomi	-	*Entschuldigung*
Efaristo	-	*Danke*
Jia!	-	*Tschüß*
a proxima	-	*bis bald*
megálos	-	*groß*
Filos	-	*Freund*
Jiámass!	-	*auf unsere Gesundheit!*
Matia mou	-	*mein Augenstern*
Apo pou isse?	-	*von wo bist du?*
katalaveno	-	*ich verstehe*